AF110411

www.ingramcontent.com/pod-product-compliance
Lightning Source LLC
LaVergne TN
LVHW021224080526
838199LV00089B/5821
9789369083688

سردارنی

(پنجابی ثقافت کی کہانیاں - حصہ : 1)

مرتب:

رتن سنگھ

© Ratan Singh
Sardaarni *(Short Stories)*
by: Ratan Singh
Edition: January '2025
Publisher :
Taemeer Publications LLC (Michigan, USA / Hyderabad, India)

ISBN 978-93-6908-368-8
9 789369 083688

مرتب یا ناشر کی پیشگی اجازت کے بغیر اس کتاب کا کوئی بھی حصہ کسی بھی شکل میں بشمول ویب سائٹ پر اَپ لوڈنگ کے لیے استعمال نہ کیا جائے۔ نیز اس کتاب پر کسی بھی قسم کے تنازع کو نمٹانے کا اختیار صرف حیدرآباد (تلنگانہ) کی عدلیہ کو ہو گا۔

©رتن سنگھ

کتاب	:	**سردارنی** (افسانے)
مرتب	:	**رتن سنگھ**
صنف	:	فکشن
ناشر	:	تعمیر پبلی کیشنز (حیدرآباد، انڈیا)
سالِ اشاعت	:	۲۰۲۵ء
صفحات	:	۱۲۲
سرورق ڈیزائن	:	تعمیر ویب ڈیزائن

فہرست

(۱)	بم بہادر	گور بخش سنگھ	12
(۲)	انوکھ سنگھ کی بیوی	سنت سنگھ سیکھوں	23
(۳)	دسوندھا سنگھ	دیوندر ستیار تھی	31
(۴)	سات بائی دس کا کمرہ	کرتار سنگھ دگل	46
(۵)	شاہ کی کنجری	امرتا پریتم	54
(۶)	پنکھی	سنتوکھ سنگھ دھیر	63
(۷)	گہرا کھڈا موت کا	دریام سنگھ سندھو	81
(۸)	سردارنی	بوٹا سنگھ	99

دیباچہ

پنجاب کی سرزمین کہانیوں کی سرزمین ہے۔ اس کے پانچ دریاؤں کے بیچ و بیچ پھیلے ہوئے سرسبز میدانوں کا حسن عہدِ قدیم سے ہی باہری حملہ آوروں کے لیے اس طرح کشش کا مرکز رہا ہے جس طرح کسی خوبصورت حسینہ کی طرف دنیا خود بخود کھنچی چلی آتی ہے اور یہ آنے والے سب لوگ آریہ، ہن، یونانی، ترکی، ایرانی، افغانی اپنی آمد سے جہاں پنجاب کی سیاسی زندگی پر اثر انداز ہوئے وہاں وہ اپنی تہذیب و تمدن کو بھی ساتھ لائے اور اس کی یہاں کی ثقافتی زندگی پر بھی مکمل چھاپ پڑی۔

پہلے تو لڑائیاں ہوئیں، گھمسان کے رَن پڑے۔ جیتے تو جیت کی خوشیاں، بہادری کے قصے اور اگر ہارے تو پامال ہوئے۔ پاؤں تلے روندے گئے، ذلیل و خوار ہوئے، عورتوں کی عصمت لوٹی گئی، ماؤں کے سامنے بچے قتل ہوئے۔ بقول گورو نانک "وہ ہندوانیاں، پٹھانیاں کہ جن کی صورتیں کبھی سورج نے بھی نہیں دیکھی تھیں، سربازار بے پردہ ہوئیں۔ غرضیکہ لوگ دربدر بھٹکنے پر مجبور، آج یہاں تو کل پتہ نہیں کہاں گزرے گا کیسا ہو گا؟ ایسا ماحول ہزاروں سالوں تک بنا رہا۔ ایسے میں اپنے من کا درد کسی کو سنانے کے لیے پنجابی ہمیشہ بے چین رہنے لگے۔ اپنی بات کہنے سننے کا مزاج یہاں کے لوگوں کے رگ و ریشے میں بس گیا۔ اپنی بات کہنا ان کے مزاج میں اس طرح ڈھل گیا کہ ان کی زندگی خود ایک کہانی بن گئی۔ اسی لیے پنجاب کی سرزمین کو اگر کہانیوں کا دیس کہا جائے تو زیادہ بہتر ہو گا۔

حملہ آوروں کے ثقافتی اثرات آریوں کے ساتھ ہی شروع ہو گئے تھے۔ پنجاب میں سب سے پہلے ویدوں کی رچنا ہوئی اور ان کے شلوکوں میں بہت سی چھوٹی چھوٹی کہانیاں ملتی ہیں۔ جن کو پنجاب کی اولین کہانیاں کہا جا سکتا ہے۔ ویدوں کے بعد سمرتیاں اور پُران لکھے گئے تو پُرانوں میں خاص کر کہانی کو ہی ذریعہ اظہار بنایا گیا۔ یہ کتھائیں اور داستانیں مکمل زندگی کو اپنے احاطے میں لیتی ہوئی، ایسی اٹل سچائیوں کی طرف اشارہ کرتی ہیں اور فنی اعتبار سے یہ اتنی مکمل ہیں اور ان کے استعارے اپنے اندر ایسے رموز کو چھپائے ہیں کہ عقل دنگ رہ جاتی ہے۔ یہی وجہ ہے کہ ہزاروں سالوں کے بیت جانے پر بھی یہ اسی طرح تر و تازہ ہیں اور اپنی اپنی سی لگتی ہیں۔ کسی بھی فنی تخلیق کو جب اتنی لمبی عمر مل جائے کہ وہ آنے والے ہر دور میں زندہ و جاوید سی لگے تو وہ انسانی دماغ کی اپج معلوم ہی نہیں ہوتی شاہکار کا لفظ تو ان کی عظمت بیان کرتے ہوئے چھوٹا سا ہو جاتا ہے۔ شاید اسی لیے انہیں دیوی ہونے کا درجہ دیا گیا۔

ان کے بعد پتہ نہیں کتنی یونانی دیومالائی کہانیاں، ترقی، ایراق و ایران کے چہار درویشوں کے قصے، الف لیلوی کہانیاں، جنگ و جدل کی داستانیں، پیار و محبت کی مُنہ بولتی حکایتیں، اور زندگی کے رموز کو واکرتی ہوئی روایتیں، یہاں کی زندگی میں اس طرح رچ بس گئیں، یہاں کے کپڑے اوڑھ کر اس قدر یہاں کی ہو گئیں کہ آج ان کو یہاں کی داستانوں اور کہانیوں سے الگ کر کے دیکھنا ہی دشوار ہے۔

پھر اس منظر نامے میں بھرپور اضافہ کیا پنجاب کے قصہ گو شعرا نے، پیلو، دامودر، وارث شاہ، قادر یار، شاہ محمد اور بہت سے دوسرے شاعروں نے ہیر رانجھا، مرزا صاحباں، سسی پنوں، سوہنی مہی وال، لیلیٰ مجنوں، دلا بھٹی اور پورن بھگت اور ایسے ہی دوسرے قصے لکھے تو وہاں کے مغنیوں نے ان داستانوں کو اپنے سُریلے سروں اور میٹھی لہکتی آوازوں میں گا کر ان میں رچے بسے معنی کے موتیوں کو لوگوں کے گھروں کے آنگنوں میں بکھیر دیا۔ لوگوں کے دلوں میں اُتار دیا۔

پھر بابا فرید شکر گنج کے دوہے ہیں۔ کئی بار تو ایسا محسوس ہوتا ہے، جیسے وہ اپنے

صوفیانہ خیال کو کہانی کے روپ میں ڈھال کر سنا رہے ہوں۔

جت دہاڑے دھن وری ساہے لیکھ لکھائے
ملک جے کنی سُنی دا، منہ دکھالے آئے

جس دن موت اس زندگی کو بیاہنے آئے گی اُس کا مہورت پہلے ہی نکل چکا ہے، وقت طے ہو چکا ہے۔ ملکوت جن کی آواز کانوں میں سُنی جا رہی ہے۔ وہ منہ دکھائی کی رسم پوری کرنے آئے گا اور.....

اسی طرح بُلّے شاہ کی کافیوں میں بھی کہانی کی خوشبو رچی بسی ہے

توں کت کُڑے، توں کت کُڑے
کت بھُڑولے، گھت کُڑے

اس کافی کے اختتام پر جب وہ کہتے ہیں کہ "تو مُڑ نہیں آناوت کُڑے" تو جیسے پنجاب کی لڑکیوں کو زندگی کی ساری کہانی سُنا دی۔ "تو مائیکے میں چرخا کات، نیک کام کر اوران کے پھل کو بھُڑولے میں سنبھال کر رکھتی جا۔" تو دل و دماغ میں اس بات کو اچھی طرح یاد رکھ کہ اس دنیا کے مائیکے سے ایک بار سُسرال گئی تو دوبارہ لوٹنے کو نہیں ملے گا۔

حضرت بُلّے شاہ سے پہلے گورونانک کی وانی میں گوروگورکھ ناتھ اور دوسرے سدھوں سے گوشٹیوں کا ذکر جہاں جہاں ہوا ہے۔ وہاں گورونانک نے ایسا لب ولہجہ اختیار کیا کہ پڑھنے والے کو لگتا ہے جیسے وہ روبرو بیٹھا دونوں کی بات چیت سُن رہا ہو۔

یہیں پر بس نہیں۔ گورونانک کے ہاں تو ان کے دَور کے چند واقعات بھی ان کے شبدوں میں کہانی کے لہجے میں ڈھل گئے ہیں۔

جیسی میں آوے خصم کی وانی تیسڑا کری بیان وے لالو
پاپ کی جنج لے قابلوں دھایا، جوری منگے دان وے لالو
سرم دھرم دوے چھپ کھلوئے کوڑ پھرے پردھان وے لالو
قاجیاں باہمناں کی گل تھکی اگدُ پڑھے شیطان وے لالو

اے لالو، میرے مالک کا جیسا حکم ہو رہا ہے، میں ہو بہو وہی تمہیں بیان کر کے تیار رہا ہوں۔ بابر قابل سے گناہ کی بارات لے کر آیا ہے اور ہم سے زبردستی جذیہ مانگ رہا ہے سچا دھرم شرم کے مارے کہیں چھپ گیا ہے۔ اب تو جھوٹ کا ہی بول بالا ہے۔ قاضیوں اور براہمنوں کے شادیاں کروانے کی رسم ختم ہوئی اب شیطان نکاح پڑھواتے پھر رہے ہیں۔

پنجابی نظم کی ایک ہیت ہے "وار"، ان لمبی نظموں میں جنگ کے واقعات کو بڑی تفصیل کے ساتھ بیان کیا جاتا ہے۔ اس سلسلے میں گورو گوبند سنگھ کی "چنڈی کی وار" اور بھائی سنتوکھ سنگھ کی تصنیفات خاص طور پر قابلِ ذکر ہیں۔ ان میں جنگ لڑنے والے شور بیر ول ان کے شستروں، گھوڑوں اور پینتروں کا ذکر اتنی تفصیل سے ہے کہ پڑھنے والے کو لگتا ہے جیسے وہ سامنے کھڑا ہو کر اصلی معرکے کو دیکھ رہا ہو۔ ان کی یہ جذبات نگاری یقیناً انہیں کہانی کے قریب لا کر کھڑا کر دیتی ہے۔

اور تو اور پنجاب کی بہت سی بولیاں ٹھولیاں بھی اپنے آپ میں مکمل کہانی سموئے ہوئے ہیں۔

"تیری لبھرے دی کمائی دا ملک بھن دوواں جم کے نوکڑیاں"

پہلی بڑی جنگ میں جا رہے سپاہی کو روکنے کی اپنی آخری کوشش میں اس کی نئی بیاہی دلہن کہتی ہے کہ جس روپے کی کمائی کرنے تو لبھرے جا رہا ہے۔ میں تمہاری واپسی پر نو لڑکیاں پیدا کر کے اس کمائی کی کمر توڑ دوں گی۔ اس لیے نہ جا۔

جے میں جاندی جگے نے مرجاناں
تاں اِک دے میں دو جمدی

جگے ڈاکو کی ماں کہتی ہے کہ اگر میں یہ جانتی کہ میرا بہادر بیٹا ایک دن مر جائے گا تو میں ایک کے بجائے دو بیٹے پیدا کرتی۔

کہانی پنجاب کے لوگوں کے مزاج میں کس طرح رچی بسی ہے اس کا اندازہ میرے آبائی گاؤں قصبہ داؤد ضلع سیالکوٹ کے ایک غیر معروف شاعر کے ان دو شعروں سے بخوبی ہو سکتا ہے:

پنج روپے لیا بیاناں
پھیر آکھے میں موڑن جاناں
مندی نہیں بھر جائی اے
نال جولاہیاں سودا کر کے
مکر یا نور الہی اے

کسی نور الہی نے آموں کا باغ بیچا۔ سودا طے کر کے پانچ روپے بیانے کے بھی لے لیے۔ پھر کہیں سے زیادہ پیسے ملنے کی امید ہوئی تو یہ بہانہ بنایا کہ میری بھاوج سودے کو نہیں مان رہی۔ اس لیے بیانہ واپس لے لو ..... "

پنجابی نثر میں کہانی کا اسلوب گورو نانک جنم ساکھی سے شروع ہوتا ہے۔ اس ساکھی میں گورو نانک کی زندگی اور ان کے ہندوستان کے مختلف حصوں اور بیرونی ممالک کی چار تیرتھ یاتراؤں کے واقعات کی تفصیل کتھا کہانی کے انداز میں بیان کی گئی ہے۔ 'آکھ مردانیاں' ساکھی ہور چلی۔ "کہہ مردانے کہانی یوں چلی کہ ... کا انداز پرانے کہانی سنانے کے انداز کے قریب بھی ہے اور ہندوستان کی دوسری زبانوں میں رائج چلن سے بھی ملتا جلتا ہے۔

یہ ہے وہ پس منظر جس میں آج کی پنجابی کہانی کی پہچان کی جاسکتی ہے۔

ایسا یقین کیا جاتا ہے کہ لال سنگھ کملا اکالی کی کہانی "سردلوہ دی ووہٹی" پنجابی کی پہلی کہانی تھی۔ کئی نقاد سنت سنگھ سیکھوں کی کہانی "بھتہ" کو پہلی کہانی کہتے ہیں۔ لیکن اس بحث سے ہٹ کر، پنجابی کہانی کے سفر کا جائزہ لیتے ہوئے اس بات سے سبھی متفق ہیں کہ یہ گورنجش سنگھ ہی تھے جنھوں نے پنجابی نثر میں الفاظ کی نشست و برخاست کے معیار طے کر کے اس کی روانی کو اس طرح ہموار کر دیا جس طرح پہاڑی علاقوں کے اوبڑ کھابڑ راستوں سے باہر آنے کے بعد میدانی علاقوں میں پہنچتے ہی ندی کا بہاؤ ہموار ہو جاتا ہے۔ یہاں یہ بات بھی خاص طور پر قابل ذکر ہے کہ جس طرح ہندی کے پریوار میں اودھی، بھوج پوری، برج، بندیل کھنڈی، میتھلی، راجستھانی لوک بولیاں شامل ہیں۔ اسی طرح پشاور کے علاقے کی پوٹھوہاری جس میں پشتو کا رنگ شامل ہے۔ ملتان کے علاقے کی ملتانی یا سرائیکی جس میں ملتانی لب ولہجہ در آیا

ہے، کانگڑے کلّو کی پہاڑی، اور پھر ڈوگری جس میں جموں و کشمیر کا لب و لہجہ شامل ہے۔ اور پھر ہریانوی جس میں ہندی کا رنگ شامل ہے۔ یہ سب کی سب لوک بولیاں پنجابی بولی کے بڑے خاندان کی جاندار رُکن ہیں۔ ان سب کے ملے جُلے لب و لہجہ نے پنجابی بولی کو ٹھیک اسی طرح میٹھا کیا ہے جس طرح جنگل کے رنگ برنگے پھولوں کے رس سے تیار ہونے والا شہد میٹھا ہو جاتا ہے۔

پنجابی کہانی کی خوش قسمتی ہی کہیے کہ اس میں پوٹھوہاری لب و لہجہ لے کر آئے کرتار سنگھ دُگل اور امرتا پریتم۔ "ساوے پتر" کے مصنف اور پنجابی کے عظیم شاعر پروفیسر موہن سنگھ نے تو خالص پوٹھوہاری میں کچھ کہانیاں بھی لکھی ہیں۔

یہ تو ہوئی ان کہانیوں کی بات جو اس مجموعے میں شامل کی گئی ہیں۔ لیکن پنجابی کہانی کی کہانی یہیں پر ختم نہیں ہو جاتی۔ یہ تو صرف اُس کی ایک جھلک ہے محض۔ حقیقت یہ ہے کہ پنجابی کہانی بہت امیر ہے۔ اور اس کی اس دولت کے روشن نقوش کو ایک مجموعے میں سمویا نہیں جا سکتا۔

میں اُمید کرتا ہوں کہ افسانے کے قاری اس مجموعے کو پڑھ کر مستفید ہوں گے اور اس بات میں فخر محسوس کریں گے کہ پنجاب کا افسانہ نہ صرف اپنے عہد کا آئینہ دار ہے۔ بلکہ ملک کی دوسری زبانوں کے ساتھ مل کر عالمی ادب میں اپنا مقام بنانے کی کامیاب کوشش کر رہا ہے۔

رتن سنگھ

گوربخش سنگھ کی بم بہادر بظاہر ایک ایسے ہاتھی کی کہانی ہے جو اپنا راتب چوری کرنے والے مہابت کو نہ صرف دل سے نفرت کرتا ہے بلکہ موقع ملنے پر وہ اسے جان سے مار بھی دیتا ہے اور اس کے برعکس اُس کے جذبات کی قدر کرنے اور اُس سے محبت کرنے والی مہارانی کا اُس وقت بھی حکم ماننے کے لیے تیار ہو جاتا ہے۔ جب اُس پر نفرت کا جنون پاگل پن کی حد تک سوار ہے۔

لیکن یہ تو کہانی کی اوپری سطح ہے۔ یہ کہانی میری نظر میں پنجابی کی پہلی علامتی کہانی ہے جسے گوربخش سنگھ جیسا کہانی کار جب لکھتا ہے تو معنی در معنی نئی دنیا آباد کرتا چلا جاتا ہے۔ ایک لمحے کے لیے مہاوت کو اس طبقے کی علامت مانئے جو عوام کا استحصال کر رہا ہے اور عوام طاقتور ہاتھی ہیں۔ جن کی خوشیاں چھین کر استحصال کرنے والے لوگ اپنی تجوریاں بھر رہے ہیں۔ اس اعتبار سے یہ کہانی بہت اونچی اُٹھ جاتی ہے۔ ہمارے ملک میں غریبی کی چکی میں پس رہے عوام جس دن اپنی طاقت کو پہچانیں گے۔ اس دن استحصال کرنے والوں کا کیا حشر ہوگا۔ یہ کہانی اسی حقیقت کی آئینہ دار ہے۔

گوربخش سنگھ

بم بہادر

مہاوت مانا دین نے مہاراج کے پاس شکایت کی کہ ہاتھی بم بہادر کئی دنوں سے ضدی ہوتا جارہا ہے اور کہنا نہیں مانتا۔ ہتھنی کے بیمار ہونے کی وجہ سے ویدجی نے اُسے گھمانا بند کیا ہوا ہے لیکن بم بہادر شام کو بڑا اودھم مچاتا ہے۔ اور جب تک ہتھنی کا اُس کے ساتھ ایک چکر نہ لگوائیں وہ ہاتھی خانہ سر پہ اُٹھائے رکھتا ہے۔ اور ہتھنی کے ساتھ چکر لگانے ہوئے بھی اُسے بُری طرح تنگ کرتا رہتا ہے۔ سونڈ اُس کی پیٹھ پر رکھے بغیر ایک قدم نہیں اُٹھاتا۔ منع کرو تو آنکھیں نکالتا ہے۔

"کوئی بات نہیں مانا دین۔" مہاراج نرمی سے بولے۔" ہمارا بم بہادر تماش بین ہے تماشہ ہوئے دیر ہوگئی ہے۔ آنے والے بُدھ وار کو جب ہم شادی کر کے آئیں تو بم بہادر کو خوب سجا دھجا کر اسٹیشن پر لے آنا۔ مہارانی اور میں اُسی پر چڑھ کر محلوں میں آئیں گے۔"

بم صرف بہادر ہی نہیں، حد درجے کا انکھیلا ہاتھی تھا۔ مہاراج اُس کی انکھ کی قدر کرتے تھے۔ ہر جلسے جلوس کا شنگار اُسے ہی بناتے تھے۔ سجے دھجے ہوئے بم کا سلیقہ اچھے سے اچھے سپاہی کو بھی مات کرتا تھا۔ لیکن ہاتھی خانے میں وہ اودھم مچائے رکھتا تھا۔ بڑا سمجھدار ہونے کی وجہ سے ملازموں کی بے قاعدگی یا بے ایمانی پر بڑا خفا رہتا تھا۔ کسی کسی ملازم کے مُنہ سے یہ نکل بھی جاتا تھا۔" بم خصلت کا بُرا نہیں۔ مہاوت نے جب اس کے راتب میں چوری بڑھا دی ہے، یہ اُس کے ساتھ ناراض رہتا ہے اور اودھم مچاتا ہے۔ پہلے تو یہ سب سے اچھے ہاتھی کی شہرت

رکھا تھا۔"

مہاراج اودے پور سے شادی کر کے آج اپنی ریاست میں لوٹ رہے تھے۔ اسٹیشن کی سجاوٹ بے مثال تھی۔ باہر موٹروں کی قطاریں ایک ساتھ کھڑی ہوگئیں۔ گھڑسوار طلائی وردیوں میں عربی گھوڑوں پر ٹانگیں اکڑائے بیٹھے تھے۔ بم بہادر کی چھب جھیلی نہیں جاتی تھی۔ وہ سارے کا سارا سونے سے جڑا ہوا جھل مل جھل مل کر رہا تھا۔ سنہری ہودے سے لٹکتی سونے کی جھانجریں چھن چھن کر رہی تھیں اور سفید دانتوں پر بھی آج سونا چڑھا ہوا تھا۔ اس کے اوپر ماتادین بیٹھا اپنی بلندی پر فخر کر رہا تھا۔

مہاراج اور مہارانی دونوں طرف رکھی سیڑھیوں کے سہارے چڑھ کر ہودے پر بیٹھ گئے' لوگوں نے جے جے کار بلائی۔ بم بہادر نے سونڈ ہلائی۔ ہاتھی خانے میں اس کے بارے میں ماتادین چاہے کچھ بھی کہے۔ جلوس میں وہ اس کی کوئی غلطی نہ نکال سکا۔ اچھے سے اچھا سپاہی بھی اس سے زیادہ ہوشیار اور چوکنا کیا ہو سکتا تھا۔ جھومتا جھامتا' ٹسکتا' مٹکتا' بم اپنے شاہی بوجھ کو محلوں کے دروازے پر لے آیا۔

اور ملاقاتیں کرانے سے پہلے مہاراج نے نئی مہارانی کی جان پہچان بم بہادر سے کرائی۔

بم بہادر"۔۔۔۔ تیری مہارانی جس کا شاید تم مجھ سے بھی زیادہ شوق سے انتظار کر رہے تھے۔"

مہارانی کا چہرہ "دوست۔ پیار" کی پیاری سی تصویر تھا۔ مہاراج جیسی لمبی۔۔۔۔ پوری طرح بھرے ہوئے ہونٹ اور ہنستا ہوا ماتھا' موٹی کالی آنکھیں' جو صرف دیکھتی ہی نہیں تھیں بلکہ جس طرف بھی نظر جاتی' کچھ بولتی سی لگتی تھیں۔ کیا کہہ گئیں؟ — دیکھنے والے سوچتے رہ جاتے تھے۔ ان آنکھوں میں ہر مہربان اشارے کے لیے جوابی قدر و قیمت یوں چمک پڑتی جیسے مڑکی ہوئی ستار ہولے ہلکے سے تھپیڑے سے جھنجھنا اٹھتی ہے۔

بم نے سونڈ اٹھا کر مہارانی کو سلامی دی۔ اور مہاراج بولے' یہ میرا ہاتھی نہیں' میرا دوست ہے۔ اس کا اور میرا جنم دن بھی ایک ہی ہے۔"

مہارانی نے بم کی سلامی کے جواب میں دونوں ہاتھ جوڑ دیے۔ کسی انسانی آنکھ میں ایسے نرم اور ملائم حسن کے لیے بم بہادر سے زیادہ وفا اور احترام نہیں ہو سکتا تھا۔ اپنی

سونڈ کی انگلی سے بم نے مہارانی کے جڑے ہوئے ہاتھوں کو ایک پل کے لیے چھولیا اور سدھے ہوئے سپاہی کی طرح وہ ہلے جلے بغیر مہارانی کی طرف دیکھتا کھڑا رہا۔ مہاراج پہچان رہے تھے کہ بم کے دل میں اس وقت کیسا مدوجزر اُٹھ رہا تھا۔

ہمارے بم مہاراج میں کسی حسن پرست کی رُوح بسی ہوئی ہے۔ یہ خوب پہچانتا ہے لوگوں کو... مہاراج نے مہارانی کی طرف ذرا ترچھی نظر سے دیکھ کر آہستہ سے کہا۔" خاص کر خوبصورت لوگوں کو......"

سجی سنوری مہارانی نے پلکیں اُٹھا کر مہاراج کی طرف دیکھا۔ پھر بم کی طرف دیکھا۔ اور ان دونوں کی آنکھیں اس لمحے جو کچھ اُسے کہہ رہی تھیں سمجھتے ہوئے اُس نے محسوس کیا کہ وہ زندگی کی سب سے اونچی چوٹی کو چھو رہی ہے۔

مہاراج نئی شادی کی دعوتوں میں کئی دنوں تک مصروف رہے۔ ہاتھی خانے کی طرف ہر ہفتے جانے والا چکر نہ لگا سکے۔ بم بہادر کی ماتا دین سے ناراضگی بڑھتی جا رہی تھی۔ اب وہ اُس کا کہا بالکل ماننا نہیں چاہتا تھا۔ وہ کمزور بھی ہو گیا تھا۔ جو راتب اُسے ان دنوں مل رہا تھا وہ پہلے سے بھی کم تھا۔

ایک دن موقع تاڑ کر ماتا دین نے مہاراج کے سامنے بم بہادر کی پھر شکایت کی اور صلاح دی کہ بم اب شاہانہ ذمہ داریوں کو نبھانے کے قابل نہیں۔ کچھ سُست ہوتا جا رہا ہے۔ اس لیے اس کو چڑیا گھر بھیج دیا جائے اور چڑیا گھر والے جوان ہو رہے ہاتھی کو شاہی ذمے داریوں کے لیے تربیت دی جائے۔

مہاراج نے ماتا دین کو ٹوک کر اس کی صلاح پوری طرح رد کر دی۔ "نہیں نہیں۔ بم میں کوئی خرابی نہیں ہے۔ میں اُس کی طرف پورا دھیان نہیں دے سکا..... بم کے جیتے جی اُس کی جگہ کون لے سکتا ہے۔"

رات کو مہاراج نے بم کی وفاداری اور دوستی کی کئی کہانیاں سُنائیں اور اپنی بڑھتی ہوئی مصروفیت کی وجہ سے بم کو نہ مل سکنے کا افسوس ظاہر کیا۔ اور ساتھ ہی پوچھا کہ کیا وہ ہفتے میں ایک بار بم کو دیکھ آیا کرے گی؟"

مہارانی اس تجویز پر بہت خوش ہوئی۔ اُس نے دوسرے ہی دن دس سیر بوندی کے لڈو بنوائے اور ہاتھی خانے گئی۔ بم کی غصے سے اندھیری ہو رہی دنیا میں اچانک سورج چڑھ آیا۔ اس کے اتنے بڑے وجود میں بھی خوشی سما نہیں پا رہی تھی۔ اور جب اپنے ہاتھوں سے ایک ایک کر کے مہارانی نے موتی چور کے لڈو بم کے مُنہ میں ڈالے۔ تو بم کے جسم کا ماس انچ انچ بھر پھڑکنے لگا۔ اُس کی پونچھ ہل رہی تھی پھٹکتے ہوئے کان پھٹ پھٹ کر رہے تھے۔ اور سونڈ کبھی مہارانی کے پاؤں اور کبھی مہارانی کے ہاتھ چھو رہی تھی۔ اور اگر مہاراج اُس وقت پاس ہوتے تو بم کے دل کی بات بوجھ کر بتا دیتے کہ وہ اُتاؤلا ہو کر کیا مانگ رہا تھا۔ ایک حکم۔ مہارانی کو بڑے پیار اور نرمی سے اُٹھا کر اپنے ماتھے پر بٹھا لینے کا حکم مانگ رہا تھا۔

"بم بہادر" مہارانی نے پھڑکتی ہوئی سونڈ پر دونوں ہاتھ پھیرتے ہوئے کہا۔ "مہاراج یہ چاہتے ہیں کہ جس ہفتے وہ تجھے ملنے نہ آسکیں، تب میں آیا کروں۔ لیکن وہ چاہتے ہیں کہ اب تیری کوئی شکایت اُن کے پاس نہ جائے۔"

بم نے سونڈ اُٹھا کر سلامی دی اور مہارانی کے پاؤں کے گرد سونڈ کی اُنگلی سے ایک چکر بنا کر اُسے لپیٹ سا لیا۔

"مہارانی صاحبہ — بم آپ کے حکم پر عمل کرنے کا اقرار کر رہا ہے۔" مہاوت نے سمجھایا۔

مہارانی عجیب اور انوکھی نرمی اور شائستگی کی مالک تھی۔ ہر نمسکار کے جواب میں اُس کے ہاتھ خود بخود جڑ جاتے تھے۔ کوئی بڑا ہو یا چھوٹا۔ انسان ہو یا حیوان ہو۔ پہلی بار تو بم نے مہارانی کے جڑے ہوئے ہاتھوں کو صرف چھوا ہی تھا۔ آج وہ خود کو روک نہ سکا۔ ننگی وینیوں کو اپنی سونڈ کی لپیٹ میں لے لیا۔ صرف آنکھ جھپکنے بھر کی دیر کے لیے — اور پھر سونڈ لٹکا کر سیدھا کھڑا ہو گیا۔

ماتا دین کو اس کی یہ حرکت پسند نہ آئی اور اُس نے بم کو ڈانٹ دیا۔ لیکن مہارانی نے ماتا دین کو بڑے صاف اور اونچے لہجے میں کہا۔ "میری موجودگی میں آئندہ بم کو کبھی نہ ڈانٹنا۔"

اُس دن ماتا دین کا من مرا مرا سا رہا لیکن بم کے من میں بڑے چاؤ تھے۔ اُس نے ایک بار بھی ماتا دین کی طرف قہر بھری نظر سے نہ دیکھا۔ لیکن شام کو جب ماتا دین نے اُس کے راتب میں سے اتنی مقدار اور کم کر دی، جتنے مہارانی لڈو کھلا گئی تھی۔ تو بم کا غصہ آسمان کو چھونے لگا۔ اس

نے راتب کو منہ تک نہ لگایا۔ دوسرے دن ماتا دین کو فکر لاحق ہو گئی اور اُس نے بم کا راتب پورا کر دیا۔

مہارانی ہر ساتویں دن بلاناغہ ہاتھی خانے میں آتی رہی، اور جیسے انوکھے چاؤ کا اظہار بم اس کی موجودگی میں کرتا تھا۔ اس کے لیے مہارانی کے دل میں ہمیشہ قدر بڑھتی رہی۔ اُسے بڑا اچھا لگنے لگا کہ طاقت کا ایک پہاڑ سات دن اُس کی ننھی سی جان کا راستہ دیکھتا رہتا ہے۔ اور جب یہ ننھی سی جان، جسے وہ سونڈ کے ذرا سے جھٹکے سے توڑ کر ٹکڑے ٹکڑے کر سکتا ہے۔ اُس کے سامنے آتی ہے تو طاقت کا یہ پہاڑ سارے کا سارا دل کی طرح دھڑکنے لگ جاتا ہے، اُسے پیار کرتا ہے اُسے چومتا ہے۔ اُس کے ہاتھوں پر اپنی انگلی پھیرتا ہے اور اُس کے پاؤں کو چھوتا ہے۔

مہارانی کا دل اس حیوانی پیار کو حاصل کر کے فخر سے بھرتا چلا گیا۔ مضبوط سے مضبوط ستونوں کو ذرا سا چھو کر چکنا چور کر سکنے والا بم اُس کے سامنے بچہ بن جاتا ہے۔ بچوں کی طرح اُس کے مُنہ سے رال ٹپکنے لگتی ہے۔ بچوں کی طرح اپنے سے پیار کرنے والے کے ہاتھ چومنے، پیر پکڑنے اور جسم سے چمٹنا چاہتا ہے۔ جب ایک ایک کر کے وہ لڈّو یا پراٹھے بم کے مُنہ میں ڈال کر ختم کر دیتی تو بم اپنی سونڈ اُس کے گرد لپیٹ کر اُسے کھڑے کھڑے ہی اُٹھا کر اپنے ماتھے پر رکھ لیتا۔ کبھی کسی ماں نے اپنے بچّے کو اس سے زیادہ نرمی سے نہ اُٹھایا ہو گا۔ مہارانی بم کی زنجیریں کُھلوا دیتی تو جس طرح کوئی ڈھول بجانے والا مستی کے عالم میں کسی کھاتے پیتے گھر کے بچّے کو اُٹھا کر ناچنے لگتا ہے۔ اُسی طرح بم سارے ہاتھی خانے میں خوش ہو کر جھومتا پھرتا۔ اور اُس پر بیٹھی مہارانی کے کنول سے کھلے چہرے کو دیکھ کر کئی لوگوں کے دلوں میں جلن کی درد بھری لہر دوڑ جاتی۔ تھان پر لوٹ کر پہلے وہ سلامی دیتا۔ پھر سونڈ مہارانی کے پاؤں کی طرف لے جاتا۔ مہارانی اپنے ہاتھوں سے اُس کی سونڈ کو تھپتھپاتی، اور پھر وہ سونڈ مہارانی کی کمر کے گرد لپیٹ کر دوسرے پل اُسے زمین پر کھڑا کر دیتا۔ ایسا کرنے سے مہارانی کی ساڑی میں بل تک نہ پڑتے۔

مہاراج کی مصروفیت اور بڑھ گئی۔ نہ صرف یہ کہ وہ کبھی ہاتھی خانے نہ آ سکے، اُن کا اپنے محلوں میں آنا بھی کم ہو گیا۔ مہارانی نے ہفتے میں دو بار ہاتھی خانے جانا شروع کر دیا۔ یہ دو دن ہی نہیں بلکہ سارا ہفتہ ہی اُس کے دل میں ایک اُمنگ سی بھری رہتی۔ ایک دن پہلے ہی وہ اپنی نگرانی میں بدل بدل کر چیزیں تیار کرواتی، دوسرے دن وہ اپنے ہاتھوں سے بم کو کھلاتی اور تیسرے دن وہ

اتنے بڑے حیوان کی انسان کے لیے اس نرم سی محبت کو یاد کرتی رہتی۔

لیکن دوسری طرف اپنے مہاوت کے ساتھ بم کی نفرت اُتنی ہی بڑھتی جارہی تھی۔ ماتا دین نے مہاراج سے بخشش میں زمین لے کر اُس میں ایک کوٹھری بنائی تھی اور اس کے گرد باغ لگایا تھا۔ اب وہ ہاتھی خانے کے راتب سے زیادہ چوری کررہا تھا۔ اور جتنا کچھ مہارانی بم کے لیے بنا کر لاتی، اتنی کمی وہ اور کرلیتا تھا۔ کل سے بم بڑے غصے میں تھا۔ اُس نے نہ راتب کی طرف دیکھا نہ ماتا دین کی طرف۔ جیسے وہ اپنے آپ سے کشتی لڑرہا ہو۔

مہاراج کے شکار پر جانے کا اعلان ہوا۔ وہ ہمیشہ بم پر چڑھ کر ہی شیر کا شکار کرتے تھے ایسے بدلے ہوئے تیوروں میں ماتا دین کو بم سے کوئی زیادہ اُمید نہیں ہو سکتی تھی۔ اُس نے بتایا کہ بم دو دن سے بیمار ہے اور شکار کے لیے دوسرا ہاتھی تیار کر دیا۔

ہاتھی خانے کے پاس سے مہاراج کی سواری نکلی۔ بم نے کُھلی ہوئی کھڑکیوں میں سے دیکھا۔ دیکھتے ہی وہ فوراً دہاڑا۔ لیکن شکاری ٹولی نے اس کی طرف دھیان نہ دیا۔ بم خاموش ہو کر بیٹھ گیا۔

شکاری ٹولی کو بھیج کر ماتا دین اپنے باغ کے کام میں لگ گیا۔ اُس کی تنخواہ تو زیادہ نہیں تھی، لیکن کچھ دیر سے سب کہہ رہے تھے کہ اُس کا گزارہ کافی آرام سے چل رہا ہے۔

بم سارا دن وہیں گھولتا رہا۔ اُس نے آج بھی کچھ نہ کھایا۔ شام کے وقت اُس کی حرکتوں میں پاگل پن سا دیکھ کر ملازموں نے ماتا دین کو خبر کی۔ ماتا دین نے آتے ہی بم کو ڈانٹا۔ بم نے اُس کی طرف نہ دیکھا اور مُنہ گھما کر کھڑا ہو گیا۔ لیکن وہ موقعے کی تلاش میں تھا۔

ماتا دین نے اُس کے پاؤں کی زنجیریں دیکھیں۔ مضبوط تھیں۔ پھر ماتا دین نے ایک اور دھمکی دی اور یہ دیکھنا چاہا کہ اس نے راتب کھایا ہے یا نہیں۔ اُسی وقت بم کی سونڈ بجلی کے کوندے کی طرح جھپٹی اور اُس نے سونڈ کے دھکّے سے ماتا دین کو اپنے پیروں میں کھینچ لیا، اور دایاں پاؤں اُس کی چھاتی پر رکھ کر اُسے یوں مسل دیا جیسے کوئی کھٹمل کو کچل دیتا ہے کہیں سے مدد پہنچنے کے لیے وقت ہی نہیں تھا۔ بم نے پاؤں کی زنجیریں توڑ دیں۔ ملازم گھبرا کر ہاتھی خانے سے باہر نکل بھاگے بم بھی باہر آیا۔ سیدھا ماتا دین کے باغ میں جا گھسا۔ راستے میں اُس نے کسی کو نقصان نہیں پہنچایا

باغ کے سارے بوٹے اُکھاڑ دیے۔ جو کچھ اُگا تھا سب تہس نہس کر دیا۔ ماتا دین کے بال بچے گھر خالی کر کے بھاگ گئے۔ اور بم نے اُن کی کوٹھری کو گرا کر کھنڈر بنا دیا۔

"بم پاگل ہو گیا ہے۔" خبر مہارانی کے پاس پہنچی۔ پولیس کپتان نے ساری روداد سُنا کر حکم مانگا کہ بم کو گولی سے مار دیا جائے۔ نہیں تو وہ کتنے اور لوگوں کو جان سے مار دے گا۔"

"لیکن آپ بتا رہے تھے کہ اُس نے ماتا دین کے علاوہ کسی اور کو کچھ نہیں کہا۔" مہارانی نے سوچنے کے لیے وقت لیتے ہوئے پوچھا۔

لیکن کہتے ہیں کہ وہ ماتا دین کے گھر کی طرف بھاگا جا رہا ہے۔ اُسے بھی وہ چھوڑے گا بالکل نہیں۔" پولیس کپتان نے جواب دیا۔

"اُس کا یہ بھائی کیا کرتا ہے؟"

"گھوڑوں کے اصطبل کی دیکھ بھال کرتا ہے۔"

"یہ بھی ضرور ماتا دین جیسا ہی چور ہو گا۔ بم کو مارنے کی ضرورت نہیں۔ آپ مجھے فوراً اُس کے راستے میں لے چلو۔"

مہارانی نے اندر جا کر وہی ساڑھی باندھ لی جو اُس نے بم سے پچھلی ملاقات کے وقت باندھی ہوئی تھی۔

"لیکن ـــ مہارانی صاحبہ ـــ یہ آپ کا بڑا خطرناک قدم ہے۔"

"نہیں۔ نہیں۔ آپ وہی کرو ـــ جیسا میں کہہ رہی ہوں۔ موٹر تیار کرو۔ اور جو احتیاط تم ضروری سمجھتے ہو، وہ آپ خود لے لو ـــ فوراً کپتان صاحب۔"

آگے آگے مہارانی کی موٹر۔ پیچھے پیچھے ہتھیار بند رسالہ۔ دُور سے بم دوڑا آ رہا تھا۔ وہ ایک جوہڑ کے پاس کھڑا ہو گیا۔ اُس نے اپنی سونڈ میں بہت سا پانی بھر لیا۔ جو کوئی اُسے اپنی طرف آتا دکھائی دے، اُسی کی طرف کیچڑ کی بوچھار کر کے اُسے ڈرا دیتا تھا۔ اور کچھ نہیں کہتا تھا۔ اس طرح وہ اپنی راہ پر دوڑا جا رہا تھا۔ اُس کے راستے پر چار سو گز کے فاصلے پر عین سامنے موٹر کھڑی ہو گئی۔ مہارانی اُس میں سے اُتری۔ پولیس کپتان نے مہارانی کے ساتھ جانا چاہا۔

" نہیں کپتان صاحب۔ آپ اپنے دستے کو تیار رکھو۔ اگر میں دونوں ہاتھ اُٹھا کر اشارہ

کروں تبھی گولی چلانے کا حکم سمجھا جائے۔ اس سے پہلے کسی بھی صورت میں گولی نہ چلانا۔ میرا دل اندر سے کہہ رہا ہے وہ پاگل نہیں، وہ مجھے پہچان لے گا۔

موٹر کو دیکھ کر بم کھڑا ہو گیا۔ لیکن اپنی طرف تنی ہوئی بندوقوں کو دیکھ کر اس نے حملے کا ارادہ کر لیا اور وہ موٹر کی سیدھ میں دوڑا۔ مہارانی سیدھی ہاتھی کی طرف دوڑ پڑی۔ پولیس کپتان نے گھبرا کر سپاہیوں کو بالکل تیار رہنے کے لیے کہا۔ لیکن مہارانی پوری آواز میں گرجی۔ "ہر گز گولی نہیں چلانی۔ میرے اشارے کا انتظار کرو۔"

اور مہارانی پھر بم کی طرف دوڑ پڑی۔ پچاس گز کا فاصلہ رہ گیا۔ کپتان اور سپاہی بھی آگے کی طرف دوڑ پڑے۔ لیکن بم ایک دم کھڑا ہو گیا۔ مہارانی نے کھڑے ہو کر سپاہیوں کو پیچھے ہی رہنے کا حکم دیا۔ خود وہ ایک ایک قدم اٹھاتی بم کے پاس پہنچی۔ بم نے ہوشیار ہو کر سلامی دی۔ مہارانی نے ہاتھ جوڑے۔ لیکن بم نے ہاتھوں کو نہ چھوا جیسے وہ ان کو چھوا کرتا تھا۔

"میں دیکھتی ہوں۔ میرے بم بہادر۔ تمہاری سونڈ آج صاف نہیں۔ چھوئے بغیر ہی میں سمجھتی ہوں، تم نے مجھے چھو لیا۔ لیکن تم مجھے بتاؤ۔ یہ تم نے کیا حال بنا رکھا ہے؟"

بم نے مہارانی کے پاؤں کے گرد ایک نہیں کئی چکر بنائے۔ جیسے وہ ان دائروں میں اپنے اتنے بڑے دل کا درد کھینچ کر دل کی محرم رانی کو بتانے کی کوشش کر رہا ہو۔

"او بہادر بم۔ تمہارے دل کی کوئی بھی بات مجھ سے چھپی نہیں۔ تو پاگل نہیں تو دکھی ہے۔ نفرت کی جلن نے تمہاری خوبصورت روح کو بخار چڑھا دیا ہے۔ میں جانتی ہوں... تمہاری نفرت کو بھی پہچانتی ہوں۔ جلن کو بھی پہچانتی ہوں۔"

بم نے ایک اور دائرہ اس کے پاؤں کے گرد کھینچا۔ مہارانی نے بم کی آنکھوں میں دیکھا، اسے لگا، جیسے وہ رو رہا تھا۔

تم کہاں جا رہے تھے بم؟ ماتادین کے بھائی کے گھر؟ اس نے بھی تجھے دکھ دیا ہے۔ .....؟

بم نے دایاں پاؤں اٹھا کر زمین پر مارا۔ مہارانی نے دیکھا۔ اس پاؤں پر لہو کے چھینٹے تھے۔

کوئی بات نہیں ۔ بم بہادر ۔ بہادر دلوں میں جلن پیدا کرنے والے موت سے کھیلتے ہیں ۔ اب میں دیکھوں گی ۔ تجھے کوئی دُکھ نہیں دے گا۔ سب چوراور چغل خور تم سے دور ہٹا دیئے جائیں گے۔ تیری اُجلی حیوانیت کو میں چور انسانیت کی سازشوں سے بچا کر رکھوں گی۔"

بم خاموش کھڑا تھا۔ اگر اُس وقت اُسے اپنی گیلی سونڈ کا احساس نہ ہوتا تو اسے اپنے جذبات سمجھانے کا اچھا سلیقہ آتا تھا۔ وہ مہارانی کو اُٹھا کر اپنے سر پر بٹھا لیا کرتا تھا ایسے موقعوں پر۔ اب جب مہارانی چپ کر جاتی تو وہ اپنی سونڈ سے اُس کے پاؤں کے گرد ایک دائرہ بنا دیتا تھا۔

اور میرے اچھے بم ۔ تمہارے اس دُکھ کو میں اچھی طرح سمجھتی ہوں جس دُکھ نے تمہارے پیار کو بار بار ٹوک کر ضربیں لگا کر بے رحم بننے پر مجبور کر دیا۔ لیکن بم ۔ تجھے ماتا دین کے بچوں کا گھر نہیں گرانا چاہیے تھا۔ وہ گھر اب تجھے بنا کر دینا پڑے گا۔

بم نے دو اور دائرے مہارانی کے پاؤں کے گرد کھینچ دیئے۔

"مجھے یہی اُمید تھی ۔ پوری اُمید تھی۔ تجھے سچا پچھتاوا ہے۔ تم بچوں کا گھر گرا کر خوش نہیں ہو۔ تم وہ گھر بنا کر مجھے خوش کرو گے۔ وہ ایسے ..... کہ اس کی کوٹھڑی میں تیری طرف سے اپنے خرچ سے بنوا دوں گی ۔ لیکن جب تک اُس کی پوری قیمت ادا نہیں ہوتی، تمہیں آدھے راتب پر گزارا کرنا پڑے گا ۔ بتاؤ تم کو منظور کرتے ہو؟"

پتہ نہیں، وہ مہارانی کی بات سمجھتا تھا، جیسے کئی ہاتھیوں کے بارے میں کہانیاں مشہور ہیں۔ یا صرف موٹا سا احساس اُس کے دل میں تھا کہ مہارانی اُس کی دوست ہے۔ جو کہے گی، اُس کے فائدے کی کہے گی ۔ اگر سزا بھی دے گی تو بھی اُس کے فائدے کے لیے ہی ہوگی۔

صرف دائرے کھینچنا ہی اُس کی نرم سی بولی تھی۔ اُس نے کئی دائرے کھینچ دیئے۔

او خوبصورت دل کے مالک میرے بم۔" مہارانی نے دیکھا کہ سونڈ پر لگا ہوا کیچڑ سوکھ گیا تھا۔ اُس نے ہاتھ بڑھا کر سونڈ پکڑ لی۔

پہلے بم اپنی سونڈ سے مہارانی کے لیے اپنا پیار جتلاتا تھا۔ اب اُسے لگا کہ مہارانی اُس سے پیار کر رہی ہے۔ اُس کے بہت بڑے اور بھاری جسم میں کوئی حرکت باقی نہ رہی۔ جیسے کسی کو سوتے جاگتے میں بہت میٹھا سپنا آ رہا ہو۔ اور وہ ڈرتا ہو کہ اگر ذرا بھی ہلے تو سپنے کی جنت

آنکھوں سے اوجھل ہو جائے گی۔

آگے آگے مہارانی اور پیچھے پیچھے بم اور اُس کے پیچھے پولیس کا رسالہ۔ پریم اور پیار کا یہ انوکھا جلوس ہاتھی خانے پہنچا جس میں کھنچے ہوئے تیروں اور تنی ہوئی بندوقوں اور سنگینوں کی جگہ پیار کے پھول کام کر رہے تھے۔

دوسرے دن ہاتھی خانے کا سارا انتظام بدلا ہوا تھا۔ سارے جانوروں کا راتب پورا تُلا — سوائے بم کے۔ جانوروں اور ملازموں میں پیدا ہوا نیا رشتہ صاف ظاہر ہو رہا تھا۔

بم ہاتھی خانے کا راجہ دکھائی دیتا تھا۔ نیا مہاوت جب اُسے آدھا راتب دیتا تھا۔ اُس کے دل میں دُکھ ہوتا تھا۔ اُس نے مہارانی کے پاس اُس کا پورا راتب کر دینے کی سفارش کی۔ مہارانی اپنی مصروفیت بڑھ جانے کی وجہ سے مشکل سے ایک بار ہی ہاتھی خانے میں آتی تھی۔ اگلی ملاقات میں بم کو اچھی طرح دیکھ کر اُس کی سونڈھ پر تعریفی نظروں سے تھپکی دیتے ہوئے مہارانی نے کہا۔ "لیکن میرا بم آدھا راتب کھا کر پہلے سے بھی زیادہ خوش اور مضبوط ہے۔ یہ اپنی غلطی کے لیے پوری قیمت چکا کر ہی اپنی زندگی کو کامیاب سمجھے گا۔

بم نے اپنی مہارانی کو کمر سے اُٹھا کر اپنے سر پر دھر لیا۔ زنجیریں کھول دی گئیں — اور ہاتھی خانے کا راجہ محلوں کی مہارانی کو اپنی سلطنت میں چکر لگوا رہا تھا۔

○

انوکھ سنگھ، سنت سنگھ سیکھوں کا ایک ایسا انوکھا کردار ہے جو پنجاب کے جاٹ کے انوکھے مزاج کا آئینہ دار ہے۔

سنت سنگھ سیکھوں کی کہانی "مجھتہ" کو عام طور پر پنجابی کی پہلی کہانی کہا جاتا ہے۔ لیکن اس کہانی کا ہیرو انوکھ سنگھ بھی ان کا ایک ایسا انوکھا کردار ہے جس میں پنجاب کے مزاج کی جھلک دیکھی جا سکتی ہے۔

پنجاب کے جاٹ کے کردار کی ایک خوبی ہے 'اس کا اپنے آپ میں مکمل یقین' یہی یقین اُس کے کردار کو ایسی طاقت بخشتا ہے کہ وہ ہر سانچے میں اپنے آپ کو ڈھالنے کے لیے ہر وقت تیار رہتا ہے اور اپنی سی کر گزرتا ہے۔

انوکھ سنگھ بھی جنگ کے دوران ٹرکی گیا تو وہاں ایک لڑکی اُس پر عاشق ہو گئی، کوئی اور ہوتا تو عشق لڑاتا، وقتی طور پر دل بہلاتا اور واپس آ جاتا لیکن نہیں جی۔ انوکھ سنگھ جاٹ ہے۔ اپنی بات کا پکا۔ وہ نہ صرف اس سے شادی کرتا ہے بلکہ اُسے اپنے ساتھ پنجاب بھی لے آتا ہے۔ اسے اس بات پر بڑا فخر ہے کہ اُس کی بیوی بہت خوبصورت ہے اور اس سے پیدا ہونے والے بچے اس سے بھی زیادہ خوبصورت۔

یہ دو دل ایک دوسرے پر دل و جان سے فدا تھے کہیں کوئی جھگڑا نہیں کہیں کوئی مسئلہ نہیں لیکن قدروں کا ٹکراؤ اس وقت ہوا جب ان کا ایک بچہ مر گیا تو انوکھ سنگھ نے ہندوستانی رواج کے مطابق اُسے جلا دیا۔ جبکہ اُس کی بیوی چاہتی تھی کہ اُسے دفنایا جائے۔

اس ٹکراؤ کی وجہ سے جب اس کی بیوی اُسے چھوڑ کر کہیں چلی گئی تو انوکھ سنگھ کو کئی سال گزر جانے پر بھی یقین ہے کہ اُس کا پیار سچا ہے اور اس کی بیوی ایک نہ ایک دن اُس کے پاس ضرور لوٹ کر آئے گی۔ اسی لیے قاری اُسے انتظار کرتا ہوا پائیں گے۔

سنت سنگھ سیکھوں

انوکھ سنگھ کی بیوی

اگر کبھی آج کل لاہور جانے کا اتفاق ہو تو آپ کو وہاں کے اسٹیشن کے سیکنڈ کلاس ٹکٹ گھر کی ڈیوڑھی پر منڈراتا انوکھ سنگھ ملے گا۔ گھبرایا اور لیگلایا سا، آنکھوں میں ایک پتھر ہو رہی نظر، سفید داڑھی، جسے دیکھ کر یہ صاف پتہ چلے گا کہ کبھی یہ کالی کی جاتی رہی ہے۔ اس ڈیوڑھی میں وہ اپنی پیاری کو کھو بیٹھا ہے۔ یوں سمجھیے تو اس کی عمر کی ساری کمائی ایک بیش قیمت ہیرا، گم ہو گیا ہے۔ یا پھر ٹکٹ لیتے وقت کسی نے بھیڑ میں اس کی جیب کاٹ کر اسے لوٹ لیا ہے۔

اس کے چہرے پر کچھ ایسی بوکھلاہٹ سی، گھبراہٹ سی ہے کہ اسے ڈیوڑھی میں گھومتے ہوئے دیکھ کر آپ اسے نظر انداز نہیں کر سکتے۔ "ہاں سردار صاحب" "آپ کس ٹرین کے بارے میں پتہ کرنا چاہتے ہو؟ آپ پوچھیں گے تو حیران ہوں گے کہ کہیں اس طرح اس سے مخاطب ہونے میں کوئی حماقت تو نہیں کی۔

"میری کہانی بڑی لمبی ہے۔ لیکن اگر آپ کے پاس ٹیم ہے تو اتنی لمبی بھی نہیں۔ میں آپ کے پانچ منٹ سے زیادہ نہیں لوں گا۔" وہ کہے گا تاکہ آپ کے دل میں اس کی کہانی لمبی ہونے کی وجہ سے کوئی جھجک پیدا ہو گئی ہو تو وہ دور ہو جائے۔

آپ ادِر دگرد دیکھیں گے۔ اُس کے کپڑے اور ظاہری حالت ایسی اچھی ہے کہ آپ کو یہ شک نہیں گزرے گا کہ وہ کچھ مانگنا چاہتا ہے۔ آپ کو صرف کھٹکے گا تو صرف یہ کہ کیا واقعی اس کی عجیب وغریب کہانی سُننے کے لائق ہے۔ یا شاید اُس کی پتھریلی نظر سانپ کی نظر کی طرح آپ پر کچھ ایسا اثر کرگئی ہوگی، کہ آپ اپنی جگہ پر کھڑے رہ جاؤ گے۔

"میں ایک ریٹائرڈ کپتان ہوں۔" وہ شروع کرے گا۔" میرا نام انوکھ سنگھ ہے۔ میں فرانس، دَرّا دانیال، ٹرکی، میسوپٹامیہ، ایراق میں جنگ کے دوران گیا۔ انیس سو آٹھ میں اسکول چھوڑ کر میں سپاہی بھرتی ہوا۔ میرا باپ پہلے اسی پلٹن میں صوبیدار تھا۔ وہ اس طرح جلدی جلدی اپنی زندگی کی تاریخ بیان کرنا شروع کردے گا۔" لیکن کمیشن سے بھی ایک بہت بڑی چیز میں میدان جنگ سے لے کر واپس آیا۔" یہ کہہ کر وہ کچھ دیر چُپ رہے گا۔

آپ اپنے دل میں اندازہ لگالیں گے کہ اس آدمی کو کہانی کہنے کا ڈھنگ آتا ہے پھر اونچی آواز میں پوچھیں گے۔ ہاں وہ عجیب شئے کیا تھی؟

دیکھا! مجھے پتہ تھا کہ میری کہانی آپ کو دلچسپ لگے گی۔" وہ ایسا کہے گا۔ اور اس کی مسکراہٹ سے ایسا لگے گا کہ وہ اس حقیقت سے واقف ہے کہ آپ پر اُس کے جادوئی بیان کا اثر ہوگیا ہے۔

" اچھا۔ وہاں ٹرکی میں ایک شہر پر ہم نے قبضہ کیا ہوا تھا۔ اور وہاں ایک اٹھارہ سال کی بارجین لڑکی مجھ پر عاشق ہوگئی تھی اُس کی ماں انگریز تھی۔ اس لیے وہ میرے جیسی اچھی خاصی انگریزی بول لیتی تھی۔ وہ بے حد خوبصورت تھی۔ اور جناب ہمارا عشق تو ایٹ فسرٹ سائیٹ، پہلی نظر کا پیار تھا۔ جیسا کہ انگریز شاعر لکھتا ہے۔ وہ عشق ہی کیا جو لَو ایٹ فسٹ سائٹ نہ ہو۔"

ایسا کہہ کر وہ آنکھ پونچھنے کے لیے ہاتھ اوپر لے جائے گا۔ لیکن اُس کی آنکھوں میں آنسو کہاں؟ اور آپ کے ہونٹوں پر اُس کی زبانی مارلو شاعر کا یہ حوالہ سُن کر کچھ مسکراہٹ کھیلنے لگے گی۔

قصہ کوتاہ، میں نے اس سے شادی کر لی، اور اُس کو اپنے گاؤں بھولا پور لے آیا جو یہاں سے بیس میل کے فاصلے پر ہے۔"

"اچھا۔" آپ کے مُنہ سے بے اختیار نکلے گا۔ اس عجیب کہانی میں آپ کے لیے ایسی دلچسپی پیدا ہو جائے گی کہ آپ اسے چھُپا نہیں سکیں گے۔ وہ پھر مسکرائے گا "میں اسے اپنے گاؤں لے آیا۔ وہ میرے اوپر فدا تھی۔ اُس وقت میں نے مشکل سے بیس سال پار کیے تھے اور بہت خوبصورت تھا۔"

اُس کے چہرے پر اس کا یہ فخر کسی طرح ظاہر نہیں ہو گا۔ آپ اُس کے چہرے کی طرف دیکھیں گے، تو مان جائیں گے کہ سچ مُچ وہ اس وقت بہت خوبصورت رہا ہو گا۔ ایک طرح سے اب بھی وہ آپ کو خوبصورت لگے گا۔

"ہم دونوں گاؤں میں گویا ایک عجوبہ بن گئے تھے، بلکہ سارے علاقے کے لیے میلوں تک۔ دو براعظموں میں وہ سب سے خوبصورت عورت تھی، ایشیا اور یورپ میں۔ یہ میمیں اُس کا مقابلہ کیا کر سکیں گی۔ میں تو میموں پر تھوکتا بھی نہیں۔"

اُس آدمی کی سادگی اور اکھڑ بولی پر آپ مسکرا دیں گے۔ لیکن پھر آپ سوچیں گے کہ فوجی ایسے ہی سادے اور کھُلی بات کرنے والے ہوتے ہیں۔ کوئی بات نہیں۔"

"میں نے ایک بہت عالیشان گھر تعمیر کرایا۔ سارے گاؤں، سارے علاقے میں بڑھیا، اور ہم دونوں گویا شہزادوں کی طرح رہتے تھے۔ ہاں شہزادوں کی طرح"۔ وہ دوہرائے گا تاکہ آپ کے دماغ میں شہزادوں کے بارے میں جو غلط خیالات ہوں، وہ دب جائیں۔

سارا گاؤں، بوڑھے، جوان، مرد، عورت، لڑکے اور لڑکیاں حیران تھے۔ نزدیک کے گاؤں کے لوگ ہمیں دیکھنے آتے تھے۔

یہاں وہ اوپر کو دیکھے گا، کہ کہیں آپ کا دھیان کسی اور طرف چلا گیا ہو۔

"ہاں۔" آپ جھٹکا سا کھا کر اپنا دھیان اور طرف سے موڑ کر کہیں گے۔

"آپ جانتے ہیں۔ پنجابی "ہُشیار" جوان لڑکی کو اپنی خوبصورتی پر بڑا ناز ہوتا ہے۔ اور

وہ میموں کو اپنے مقابلے میں کچھ نہیں سمجھتی، کیونکہ میمیں صرف گوری ہی ہوتی ہیں۔ اُن کے نقش کوئی اچھے نہیں ہوتے، اور پنجابی نوجوانوں کو بھی اپنی عورتوں پر بڑا غرور ہوتا ہے۔ لیکن سب مرد میری عورت کی خوبصورتی کو مانتے تھے اور گویا ہار مانتے تھے۔ گاؤں کے لوگ اُسے یہودی کہتے تھے۔ حالانکہ دراصل وہ یہودن نہیں تھی۔"

آپ اس کہانی کو جیسے جیسے سُنیں گے، حیران ہوں گے اور آپ کو چولھے کے پاس بیٹھ کر بہن بھوا سے سنی ہوئی کہانیاں یاد آجائیں گی۔ ایک شاہزادہ، اکیلا گھوڑے پر سوار، جنگل میں دوپہر کو شکار کے پیچھے بھاگتا ہوا اپنے ساتھیوں سے بچھڑ گیا۔ وہ بھٹکتا بھٹکتا ایک برگد کے پیڑ کے پاس آیا۔ جہاں ایک نہایت خوبصورت عورت جھاڑیوں میں چھپی بیٹھی تھی۔ وہ فوراً اس عورت پر عاشق ہو گیا۔ اس عورت نے اسے منظور کر لیا۔ اور اس کے گھوڑے پر اس کے پیچھے بیٹھ گئی۔ وہ محلوں میں آ گئے، اور کئی سال تک سُکھ چین کی زندگی گزارتے رہے۔ لیکن آخر ایک رات وہ عورت بنا کسی کو کچھ بتائے چُپ چاپ گھر سے نکل گئی، اور شاہزادے کو کسی کام کا نہ چھوڑ گئی۔ اس آدمی کے ساتھ بھی ایسی ہی بیتی لگتی ہے، آپ سوچیں گے۔

عورتیں ٹولیاں بنا کر اُسے گوردوارے یا کسی بیاہ شادی والے گھر لے جانے کے لیے آتیں نوجوان لڑکے جب ہماری بیٹھک کے پاس سے گزرتے تو کھڑکیوں میں سے اندر جھانکتے۔ میں اُن کی اس حرکت پر صرف ہنس دیتا۔ اُس تک کسی کی رسائی نہیں تھی۔ ورنہ جناب۔ ذرا سوچو۔ ایک لڑکی ہزاروں کوسوں کے فاصلے پر پردیس میں پیدا ہوتی ہے، پلتی ہے، جوان ہوتی ہے۔ پھر جنگ ہوتی ہے۔ میں اس کے ملک میں جاتا ہوں، وہ مجھ پر ایٹ فسٹ سائٹ عاشق ہو جاتی ہے، اور۔۔۔۔ مجھے اُس کے بارے میں کوئی شک یا خطرہ نہیں تھا۔ اور میں گاؤں کے شوقین لڑکوں پر ہنس دیا کرتا تھا۔"

اس بات کے یہاں تک پہنچنے تک، آپ اندازے لگانے شروع کر دیں گے۔ غالباً اُس کے ساتھ وشواس گھات کر کے وہ عورت گاؤں کے کسی نوجوان کے ساتھ یارانہ لگا بیٹھی ہوگی۔ یا کسی کے ساتھ بھاگ گئی ہوگی۔

وہ آپ کا ہاتھ پکڑ کر دبائے گا اور آپ کے دھیان کو اپنی طرف موڑے گا۔" پھر تین سال

میں ہمارے ہاں دو بچے پیدا ہوئے۔ دونوں لڑکے۔" وہ کچھ تن کر کہنے لگا۔ جیسے اُسے یقین ہو کہ ان دونوں بچوں کا لڑکے ہونا اُس کی خاص غیر معمولی مردانگی کا ثبوت تھا۔ ایشیا اور یورپ دونوں براعظموں میں سب سے خوبصورت بچے تھے۔ سارا گاؤں کیا، سارا علاقہ اُن کو دیکھ کر حیران تھا بڑا زندہ ہے۔ اور واہیگورو اُس کو بہت لمبی عمر دے، وہ دو زبانیں بولتا ہے۔"

اب آپ کسی اور طرف اندازے لگانے لگ پڑیں گے۔ شاید وہ عورت چھوٹے لڑکے کی موت کے غم میں مر گئی۔

" ہم بہت خوش تھے۔ ہر ہفتے شہر میں سینما دیکھنے آتے تھے۔ کبھی کبھی بڑے لڑکے کو بھی ساتھ لے آتے تھے۔

اب آپ اندازے لگانے چھوڑ دیں گے۔ اس طرح آپ اور اُلجھن میں پڑتے ہو۔ اندازوں سے کوئی حل نہیں نکل سکتا۔

ان موقعوں پر کئی لوگ ہمارے واقف ہو گئے۔ اُس کی واقفیت زیادہ تر میموں اور امیر گھرانوں سے تھی۔ آدمیوں کی دوستی وہ بالکل پسند نہیں کرتی تھی۔ اس لیے وہ بہت کم آدمیوں سے بات چیت کرتی تھی۔ سوسائٹی میں وہ بہت خوش تھی۔ کئی بار صاحب لوگ ہمیں اپنے بنگلوں میں چائے کے لیے بلاتے اور۔۔۔۔"

یہاں آپ کو کچھ ہنسی اور کچھ ترس بھی آئے گا۔ یہ سوچ کر کہ اس قسم کی سوسائٹی میں یہ پگڑی والا اور داڑھی والا آنریری کپتان کیسا بے محل اور بیوقوف لگتا ہوگا۔ وہ اس طرح بیوقوفوں کی طرح اس پر پہرا دیتا ہوگا۔ جب وہ اپنے انگریز واقفوں کے ساتھ چائے پیتی ہوگی

" لیکن آپ جانتے ہیں ہمارے گاؤں کے بوڑھے لوگوں کو۔ یہ بوڑھے لوگ ہر جگہ ایک جیسے ہی ہوتے ہیں۔ اُنھیں ہماری خوشی اچھی نہیں لگتی تھی۔"

" سچی بات ہے، آپ بھی بوڑھوں سے نفرت کرتے ہوں گے، تو اُس کے اس خیال کی فوراً تائید کریں گے۔

" وہ ضرور بد دعائیں کرتیں ہوں گے۔ دعائیں کرتے ہوں گے کہ ہم پر کوئی مصیبت پڑے۔ چنانچہ میرا چھوٹا لڑکا ایک سال کا ہو کر گزر گیا۔

آپ اس کی آنکھوں کی طرف دیکھنے لگ جائیں گے۔ لیکن بے سود۔ وہاں آنسو کی گنجائش ہی نہیں ۔اس کی آنکھوں سے ایک ایسی زردی سی جھانکتی ہے جو کسی موت سے زیادہ دردناک ہے۔

اس بچے کی موت کی وجہ سے ہی وہ مجھ سے گم ہوگئی۔ اس واقعے کو ہوئے کوئی دس سال سے زیادہ ہو چکے ہیں۔ کیا آپ سوچ سکتے ہیں کہ اس بپتا کے علاوہ میرے بال سفید ہو سکتے تھے؟

اس بات پر آپ کے دل کو ایک بے چینی سی جکڑے گی اور آپ جلدی سے پوچھیں گے۔

ہاں، پھر کیا ہوا؟

"آپ جانتے ہیں، ہم مردے کو جلا دیتے ہیں۔ اسی لیے ہم بچے کی لاش کو شمشان میں لے گئے وہ بھی ہمارے پیچھے آئی اور ہمیں بچے کو جلانے نہ دے۔ وہ بچے کو دبانا چاہتی تھی۔ اور آپ کو معلوم ہے کہ یہ ہمارے دھرم کے خلاف بات ہے۔" وہ ایسا کہہ کر اوپر دیکھے گا۔ جیسے آپ سے تائید چاہتا ہو کہ ایسے معاملوں میں دھرم کو پیچھے نہیں دھکیلا جا سکتا۔

"میرے بچے کا پھول سا جسم آپ لوگ آگ میں جلانے لگے ہو۔" کہہ کر وہ کرلانے لگی چلّانے لگی اور چِتا کی طرف دوڑی تاکہ بچے کی لاش کو اٹھائے۔ وہ چاہتی تھی کہ بچے کو لکڑی کے صندوق میں رکھ کر قبر میں دفنایا جائے تاکہ قیامت کے دن اس کا جسم صحیح سلامت نکلے۔ یہ ان کے گھر کا اصول اور یقین ہے۔"

" ہوں۔"

" بڑی مشکل سے ہم نے اسے چتا سے بچایا۔ لیکن اس دن سے وہ کوئی اور ہی عورت بن گئی۔ وہ پہلی سی نہ رہی۔ مجھے پھٹکارڈالتی رہتی۔ تم نے میرا پھول سا بچہ آگ میں جلا دیا ہے اور اب تم سے نجات نہیں مل سکتی۔"

آپ کا سر افسوس میں ہلنے لگ جائے گا۔ لیکن وہ اپنی کہانی جاری رکھے گا۔

" چنانچہ میں اسے زیادہ بار شہر لانے لگ پڑا۔ لیکن وہ کبھی خوش نہیں ہوئی۔ اس سوسائٹی میں جس کو وہ پہلے اتنا پسند کرتی تھی۔ اب وہ ایک زخمی ہرن جیسی تھی اور دوسروں سے ڈرتی تھی اور آخر ایک روز جب رات کو ہم سینما دیکھ کر واپسی کی گاڑی لینے کے لیے آئے۔ میں ٹکٹ لینے

کے لیے گیا، اور پتہ نہیں وہ اس جگہ سے کہاں چلی گئی۔

اب آپ سمجھ جائیں گے کہ کیا ہوا۔

" وہ جارجیا واپس نہیں جاسکتی۔ جارجیا کوئی اتنا نزدیک تو نہیں اور اگر اس نے اس طرح دور جانا تھا تو وہ مجھ پر بڑی عاشق تھی۔ وہ مجھے اینوک جو ایک عیسائی نام ہے، کہہ کر بلایا کرتی تھی۔ اور یہ میرے اصلی نام سے ملتا ہے۔ اور میں اُسے رُوپ کہہ کر بلایا کرتا تھا۔ اُس کا اصلی نام 'اوب' تھا" یہاں وہ آپ کے منہ کی طرف دیکھے گا۔ لیکن آپ ایک ایسے غم میں ڈوبے ہوئے ہوں گے کہ اس کے لیے اپنی دردبھری کہانی جاری رکھنے کے علاوہ اور کوئی چارہ دکھائی نہیں دے گا۔

" وہ ضرور واپس آئے گی۔ مجھے یقین ہے۔ قسمت نے ہماری جوڑی بنائی تھی۔ ورنہ کہاں اس کا جارجیا میں ہزاروں میل کے فاصلے پر جنم لینا اور یہاں میرا ہندوستان میں۔ سب کچھ الگ الگ۔ میں اُسے ڈھونڈنے نہیں گیا۔ وہ اپنے آپ آئی۔ میرے ساتھ اس کا لو ایٹ فسٹ سائٹ ہوا۔ اور نہ ہی میں اب اس کو ڈھونڈ رہا ہوں۔ وہ بغیر ڈھونڈے میرے پاس واپس آئے گی۔ میں تو صرف یہاں انتظار میں کھڑا ہوں۔"

○

دیویندر ستیارتھی کی کہانی "دسوندھا سنگھ" یوں تو کشمیر کی پیر پنجال کی گھاٹی پر پھنسے ہوئے ٹرک ڈرائیور دسوندھا سنگھ، اس کے کلینر اور ڈرامہ پارٹی کے کچھ ایکٹروں کی کہانی ہے جو برف پڑنے کی وجہ سے موت کے شکنجے میں پھنس گئے ہیں لیکن موسم کے بدلتے ہوئے روپ اور کرداروں کی گفتگو کے اوپری بہاؤ کے نیچے زندگی کی گہری روانی کو دیکھیں تو آپ کو احساس ہوگا کہ یہ سب ایک مکمل سفر ہے، جس میں زندگی موت سے یوں دو چار ہوتی ہے جیسے لُک چھپ کا کھیل کھیلنے والے بچوں کے لیے پکڑے جانے یا نہ پکڑے جانے کی دونوں کیفیتیں اُن کے لیے ایک جیسی ہی ہوتی ہیں۔ اس کہانی کے کرداروں پر بھی موت خوف بن کر طاری نہیں ہوتی بلکہ انہیں ایسا لگتا ہے جیسے زندگی کے اس سفر میں وہ اپنا اپنا رول ادا کر رہے ہوں یہ تصور ہی تصور میں کسی پرانے حادثے میں مرے ہوئے اجیت سنگھ کی "جپ جی" کی آواز سُن کر دسوندھا سنگھ اُسے کہتا ہے، "اپنا "جپ جی" کا پاٹھ بند کرو میں موت کا پیغام نہیں سننا چاہتا۔" ڈرامے کی ہیروئن گل ہما کو برف کے مشکل راستے سے اٹھا کر لے جاتے ہوئے دسوندھا سنگھ یہ تو محسوس کرتا ہے جیسے اس عورت کے جسم کی گرمی اس کے جسم میں تحلیل ہو رہی ہے۔ لیکن زندگی کی طرف اس کا رویہ بڑا صحت مند ہے۔ آگ کے پاس پہنچ کر شراب کے کئی پیگ چڑھانے کے باوجود جب ہیروئن گل ہما کا چہرہ آگ کی مدھم سی لو میں اُسے بہت خوبصورت دکھائی دیتا ہے اُس وقت بھی وہ یہی سوچتا ہے کہ اُس کی محبوبہ لالہ رُخ زندگی کے اس سفر میں پتہ نہیں کس کس روپ میں اُس سے ملنے کے لیے آئے گی۔

دسوندھا سنگھ جیسے عام سے انسان کا یہی صحت مند رویہ زندگی کو موت کی برف باری سے لڑنے کا حوصلہ دیتا ہے۔

دیوندر ستیارتھی

دسوندھا سنگھ

دسوندھا سنگھ اُس راستے سے واقف تھا۔ بانیہال سے دس میل آگے پہاڑ کی چڑھائی پر آنے والے اس موڑ کا ذکر وہ اپنے کلینر کے ساتھ پٹھان کوٹ سے ہی شروع کر دیتا۔ سڑک کا وہ خربوزے کی پھانک جیسا ٹکڑا بہت بدنام تھا۔ برف باری کے موسم میں وہاں ایسی ہوا چلتی کہ برف پہاڑ کی بلندی سے ڈھلکنے لگتی اور سڑک رک جاتی۔ ان دنوں سرکاری طور پر برف کے ہٹانے کا کام چلتا ہی رہتا۔ تاکہ ٹریفک جام نہ ہو جائے۔

آج موسم صاف تھا۔ ٹیبوٹ میں رات گزارنے کے بعد دسوندھا سنگھ سٹیرنگ پکڑ کر بیٹھا تو اس نے کہا۔ بلّے بلّے۔ اوے۔ آج تو گھبرانے کی ضرورت نہیں بچو۔" پھر اس نے اپنے کلینر کو ہاتھ بھر لمبی گالی دے کر پتہ نہیں کس جانور کے ساتھ اس کا رشتہ جوڑ دیا، اور پھر ارداس کرنے کے لہجے میں بولا۔" واہیگورو سچے بادشاہ! تیرا ہی آسرا۔"

گاڑی میں تین سواریاں تھیں اور بہت سامان لدا ہوا تھا۔ دسوندھا سنگھ نے سامنے شیشے میں دیکھتے ہوئے کہا۔ آپ لوگ واہگورو سچے بادشاہ کے ڈھائی ٹوٹرو ہی تو ہو۔ دو مرد۔ ایک عورت۔"

سواریوں میں سے ایک مرد بولا۔ سردار جی عورت کی آدھی سواری گن رہے ہو، تب تو ٹکٹ بھی آدھا ہی لگانا چاہیے۔ عورت بلبل کی طرح چہکی۔

باہنیال گیٹ پر گاڑیاں رُک گیئں۔ گیٹ کھلنے میں بیس منٹ باقی تھے۔" دسوندھا سنگھ بولا۔بیس گاڑیاں ہمارے آگے ہیں اور پانچ پیچھے۔ کل چھبیس ہوئیں۔ یا تو سارے ہی مریں گے ایک ساتھ یا پار ہو جائیں گے۔ موسم تو ٹھیک نہیں۔ اور پھر اس نے آسمان کی طرف دیکھتے ہوئے کہا۔ "تب یاں تم ہی جانو۔ واہیگورو جی۔ ایک دن تو ٹکٹ کٹنا ہی ہوگا۔ ہم تو وہاں بھی تیرے ڈرائیور ہی بنیں گے۔"

"اُدھر ہم کلینری نہیں کرے گا اُستاد۔" کلینر نے ٹوکا۔

"چُپ اوئے اُلو کُجاریہ!" دسوندھا سنگھ نے زبان کی صفائی دکھائی۔

"اُستاد یہ کلینری کب تک کراؤ گے؟" کلینر نے اگلی سیٹ پر بیٹھے بیٹھے پہلے پیچھے گھوم کر سواریوں کی طرف دیکھا اور پھر اپنی نظر دسوندھا سنگھ پر جمادی۔

"چُپ اوئے جانی چور کے کچھرے!" دسوندھا سنگھ نے اس کو ڈانٹ پلائی۔ "ابھی تمہیں آتا ہی کیا ہے؟ ہینڈل مار لیا اور باتیں کرلیں من من بھرکی۔"

"جانی چور کے کچھرے کا کیا مطلب ہوا سردارجی؟" عورت نے ہنستے ہوئے پوچھا۔

دسوندھا سنگھ نے سامنے والے شیشے میں جھانک کر اس پتلی پتنگ لڑکی کے لمبوترے چہرے پر بڑی بڑی آنکھوں کا حساب بٹھاتے ہوئے کہا۔ "دسم پاتشاہ بول گئے بی بی۔ کیا بول گئے۔ پانچ ککار دھارن کرو۔ کڑا، کیس، کنگھا، کرپان۔ یہ ہوئے چار۔ اور پانچواں کچھرا۔ ایک بار شیطان گلی میں بیلچے سے برف ہٹاتے ہوئے اس کا کچھرا گم ہوگیا۔ اور ہم نے اسے ایک کچھرا، جو اپنے لیے جموں سے بنوایا تھا، نکال کے دے دیا۔ تب سے واہیگورو کی قسم یہ ہمارا جانی چور اپنی تنخواہ سے کبھی کچھرا نہیں سلواتا۔ جب اس کا کچھرا پھٹ جاتا ہے تو یہ اُستاد ہی نہیں چاچا کہہ کر ہاتھ جوڑ کر کھڑا ہو جاتا ہے"

پتلی پتنگ لڑکی نے اپنے دونوں ساتھیوں کو کہا۔ اچھا ہوا گر سردارجی کو بھی اپنے کسی ڈرامے میں پارٹ دیں۔"

"ہمیں پارٹ بعد میں دینا کسی ڈرامے میں۔" دسوندھا سنگھ نے گیٹ کھلنے کی خبر سن کر کہا۔ شیطان گلی سے بچانا! سچے پاتشاہ! بچ گئے تو ڈرامے میں پارٹ بھی کرلیں گے۔

اگلی گاڑیاں جلدی جلدی گیٹ پار کر رہی تھیں۔ دسوندھا سنگھ نے بھی گیٹ پار کرلیا۔ ہموار سڑک پر چلتے چلتے پہاڑ کی بلندی کی طرف دیکھ کر اُس نے دونوں ہاتھوں سے دونوں کان چھو کر کہا۔
" ست نام شری واہیگورو۔ اکال پُرکھ تیرا ہی آسرا۔" اور دوبارہ کان چھو کر گاڑی چلاتے ہوئے بولا " سچے پاتشاہ تیرا ہی سہارا۔ پانچ تت کا پُتلا بنایا۔ کوئی ڈرائیور ہے اور کوئی کلینر، کوئی ڈرامے کا ایکٹر بھی ہے۔ اور پھر اُس نے تتلی پتنگ لڑکی کے لمبوترے چہرے کی لمبی ٹھوڑی کے بڑے سے تِل پر جیسے اپنی پلکیس بچھاتے ہوئے کہا۔" بی بی تم ڈرامہ کرتی ہو۔ آپ کو کون سا پارٹ ملتا ہے؟
تتلی پتنگ لڑکی کے ایک ساتھی نے سردار جی کا کندھا تھپتھپاتے ہوئے کہا۔" یہ ہماری گل ہُما ہیروئن سے کم پارٹ کرتی ہی نہیں۔"
گل ہما بولی۔" یہ ہمارے ڈائریکٹر ہیں سردار جی! اور یہ ان کی نوازش ہے کہ مجھے ہیروئن بنالیتے ہیں۔ ویسے سیٹھ جی کو بھی میرا کام پسند ہے۔
ڈائریکٹر نے مُرغے کی طرح گردن اکڑا کر کہا۔ گل ہما تیرا تو ہیروئن بننے کے لیے ہی جنم ہوا ہے۔ یہ بات سیٹھ جی بھی کئی مرتبہ کہہ چکے ہیں۔ آخر یہ سب ان کی مایا کا ہی کھیل ہے۔"
تیسرے ساتھی نے بڑی انکساری سے کہا۔ گل ہما کے ڈائیلاگ مجھے ہی لکھنے پڑتے ہیں سردار جی۔"
" اچھا تو آپ ڈرامہ لکھتے ہو۔؟" سردار جی نے تیزی سے گاڑی کا اسٹیرنگ گھماتے ہوئے کہا۔ اوے بلّے بلّے۔! سچے پاتشاہ! ہمارے دسم پاتشاہ نے بھی بچتر ناٹک لکھا تھا۔ باپو جی کہا کرتے تھے کہ دسم گورو نے عورت کے سارے چرتر کھول کر دکھائے ہیں۔ ایک بار ہماری دادی نے پوچھا بیٹا! کیا میرے اندر بھی عورت والے چرتر ہیں؟ باپو جی بولے ــ تم ہماری ماتا جی ہو۔ اس لیے دو چار کم یا دو چار زیادہ"! اور پھر دسوندھا سنگھ نے پہاڑ کی بلندی کا خیال کرتے ہوئے کہا۔
" اب شیطان گلی زیادہ دور نہیں۔ ہمارے ڈھائی ٹوٹرو کی ذمہ داری تمہارے اوپر ہے سچے پاتشاہ۔ آج شیطان گلی کے ناکے سے نکال کر لے چلو صحیح سلامت! برف سے کیسا یارانہ، اوے بلّے بلّے! اپنی دوستی تو آگ سے ہے جو پانچ تت کے پُتلے کی ماں بھی ہے اور اُسے کھانے والی بھی۔

سڑک کے کنارے ایک جگہ دسوندھا سنگھ نے گاڑی روک دی۔
پیچھے والی گاڑیاں آگے نکل گئیں۔
"کیوں رُک گئے سردار جی؟" گل ہما نے حیران ہوکر پوچھا
دسوندھا سنگھ نے گاڑی سے باہر نکل کر کہا۔ اوے جانی چور کچھیریا! باہر آکے دیکھو! ہوا کی نبض کیا بتارہی ہے۔؟"
جانی چور باہر نکلا تو کھڑکی میں پھنس کر اس کی پگڑی سڑک پر جاگری۔ اس نے دوبارہ بالوں کا جوڑا باندھا اور تیتر کے پنکھوں کے رنگ کی پگڑی اچھی طرح سر پر لپیٹتے ہوئے کہا۔ کیا کہتی ہے اُستاد۔ تیرا یہ وہم کب دُور ہوگا؟"
'گل ہما بولی۔ مہیش جی ایک دو ڈائیلاگ جانی چور کے بھی آنے چاہئیں ہمارے اگلے ڈرامے میں۔" اور پھر اس نے ڈائریکٹر کی طرف آنکھیں گھما کر کہا۔ اختر صاحب کمال ہو جائے اگر کہیں ہمارے اگلے ڈرامے میں جانی چور صابن کے جھاگ کی طرح اُٹھے اور ایک پل کے لیے اپنا رنگ دکھا کر بیٹھ جائے۔ بس مزہ ہی آجائے۔"
" میں تو سردار جی کے لیے اچھا سا رول سوچ رہا ہوں۔" اختر کی آواز اونچی ہوتی چلی گئی۔ اور پھر اُس نے گاڑی کی چھت کی طرف دیکھتے ہوئے آواز کو سم پر لا کر کہا۔ "تمہارا کیا خیال ہے گل ہما؟" ڈائریکٹری کرتے کرتے اُسے آوازیں بدلنے کی مشق ہو چکی تھی۔
" یہ مہیش جی سے پوچھو۔ ڈائیلاگ کے مالک یہ ہیں۔" گل ہما کے ہونٹوں پر مسکان یوں اُبھری جیسے گیت کے بول میں رس گھول رہی ہو۔
" میں تو ڈائیلاگ فٹ کر رہا تھا گل ہما!" مہیش نے فکر میں ڈوب کر کہا۔ تمہاری ماں تجھے چُنار کے سُوکھے پتوں کے ڈھیر میں سے اُٹھا کر لائی تھی۔ مزا آجائے۔ اگر تو یہ بات اسٹیج پر اپنے مُنہ سے ادا کر دے۔"
اختر بولا۔ سب بچے کیا اسی طرح پلتے ہیں۔ کوئی چُنار کے سُوکھے پتوں کے ڈھیر میں سے اور کوئی بھوسے والے کمرے سے؟ شکنتلا بھی تو کیشو رشی کو جنگل کے ایک کونے میں پتوں میں لپٹی ہوئی ملی تھی۔"

دسوندھا سنگھ آگے جانے کے بجائے پیچھے جانے کا خیال پیش کر رہا تھا۔

جانی چپور بولا۔ یہ سب تیرا وہم ہے استاد۔ سڑک پر کہیں برف کا نام و نشان نہیں۔ ہوا ٹھیک چل رہی ہے۔ اب تک تو ہم سرنگ پار کر گئے ہوتے۔"

"جانی چپور ٹھیک کہہ رہا ہے سردار جی۔" گل ہمانے سیٹ پر بیٹھے بیٹھے آنکھیں مٹکائیں۔ اب چلنا چاہیے۔ ایڈوانس پارٹی سری نگر میں ہمارا انتظار کر رہی ہوگی۔"

" بی بی۔ تم نہیں جانتیں۔ دسوندھا سنگھ نے دونوں ہاتھوں سے دونوں کان چھو کر کہا۔ ہوا میں آواز آ رہی ہے۔ جیسے کوئی جپ جی کا پاٹھ کر رہا ہو۔ اسی جگہ پچھلے سال میرا دوست ڈرائیور اجیت برف میں دب کر مر گیا تھا۔ تین تولے سونے کے جھمکے بنوا کر لایا تھا۔ اسی روز اس کی سوزناں کا جنم دن تھا۔ اجیت جپ جی کا پاٹھ کرتا ہوا مرا۔ کیا اجیت کی آواز تم نہیں سن رہے۔"

"میں یہ سب باتیں اپنے ڈرامے میں فٹ کر سکتا ہوں۔" جہیش نے بالوں میں انگلیوں سے کنگھی کرتے ہوئے کہا۔

جانی چپور اور اختر سردار جی پر دباؤ ڈال رہے تھے کہ گاڑی چلانی چاہیے۔

تالی بجاؤ ڈھائی ٹو سٹرو۔ دسوندھا سنگھ نے ضد چھوڑتے ہوئے کہا اور وہ گاڑی کو بڑھائے چلا۔

گل ہمانے چٹکی بجاتے ہوئے کہا۔" سردار جی آنکھ جھپکنے میں ہی شیطان گلی پار کر جائیں گے۔

شیطان گلی کے مرکزی نقطے پر پہنچ کر گل ہما چلائی۔" سردار جی، گاڑی روک دو۔"

گاڑی رکتے ہی گل ہما باہر نکل کر بولی۔ پہاڑ کا یہ نظارہ بھی خوب ہے۔ اگلی بار ہم سیٹھ جی کو بھی ساتھ لائیں گے۔"

اختر بولا۔ ایک آرٹسٹ بھی ہونا چاہیے، جو پردے پر یہ منظر ابھار سکے۔"

دیکھتے ہی دیکھتے پہاڑ کی ڈھلان سے برف کے تودے گرنے شروع ہو گئے، دسوندھا سنگھ نے گھبرا کر کہا۔" موسم خراب ہو گیا ہے۔ ہوا شرارت پر اتر آئی ہے۔ آج خیر نہیں۔ سچے

پاتشاہ! تیری رضا میٹھی لگے۔ آج تو برف کے نیچے ہی بستر لگے گا۔ اور وہ گاڑی چلانے کی بے کار سی کوشش کرنے لگا۔ جانی چور ہینڈل مار رہا تھا۔

دسوندھا سنگھ گاڑی پر اپنے طنز کی بوچھار کر رہا تھا۔" اری سالی۔ تیرے کباڑ خانے جانے کے دن آ گئے۔ تیرے نزلے زکام کا علاج ہمارے پاس تو نہیں ہے۔

جانی چور پیچھے سے برف ہٹانے کی کوشش کر رہا تھا۔ دسوندھا سنگھ کہہ رہا تھا۔ اب کیا کیا جائے بی بی؟ انجن کا کوئی کل پرزہ ٹوٹ جاتا تو واہیگورو کی قسم اپنا دانت نکال کر وہاں فٹ کر دیتا۔ ٹائر پھٹ جاتا تو بنا ٹائر کے ہی گاڑی ٹرنگ کے منہ تک لے جاتا۔" اور پھر اس نے آسمان کی طرف دیکھتے ہوئے کہا۔" سچے پاتشاہ۔ آپ جی نے تو برف کے ساتھ انجن بھی ٹھنڈا کر دیا ہے۔"

گل ہما بولی۔" میری ہمیشہ یہ خواہش رہی ہے کہ میری موت کسی پہاڑ کی تلہٹی پر ہو۔ کچھ اپنے لمحے میرے پاس ہوں۔ اختر وہ وقت آ گیا ہے۔"

دسوندھا سنگھ نیچے اُتر آیا اور جانی چور کو گلے سے لگا کر بولا۔" جانی تم میری جان ہو۔ اوے۔ سامنے موت کھڑی ہے پُترا۔"

مہیش نے دسوندھا سنگھ کی آنکھوں میں آنسو دیکھ لیے۔ وہ بولا۔ دیکھ رہی ہو گل ہما، لیکن مجھے تو موت کے گلے لگنے کا ذرا سا غم بھی نہیں ہونا چاہیے۔ میں اپنے ڈرامے کی ہیروئن کے ساتھ جا رہا ہوں۔"

" مہیش کبھی تو سنبھل کے بات کیا کر۔" اختر نے نصیحت کے پردے میں دل کی جلن چھپاتے ہوئے کہا۔" کچھ تو سوچ۔ ہمیں کہاں جانا ہے اور کیا کرنا ہے؟"

دسوندھا سنگھ کہے جا رہا تھا۔" سچے پاتشاہ۔ میرا ڈرامہ تو پورا ہو لینے دو۔ پھر چاہے پردا گِرا دینا۔"

مہیش بولا۔ سردار جی! آپ ہمارے ڈرامے کے ہیرو ہیں۔ "

دسوندھا سنگھ اُداس سا منہ بنا کر بولا۔" داڑھی والا کبھی ہیرو ہوا ہے؟ اُدیار حسرت ہی رہ گئی۔ اور پھر وہ حیران ہو کر بولا۔" یہ کیا؟ یہاں بھی اجیت کے جپ جی پڑھنے کی آواز آئی

شروع ہو گئی ۔"

مہیش نے سردارجی کی بات اَن سنی کرتے ہوئے کہا۔ گل ہما۔ ! کیا گاڑی کے پہیے جام ہونے کے ساتھ ساتھ تیرے ہونٹوں کی مسکان بھی جم جائے گی ۔"

اختر بولا ۔" ہمارے مرنے کے بعد یہاں سے گزرنے والوں کو ہمارے ڈائیلاگ سُنائی دیا کریں گے ۔ اس لیے سنبھل کر ڈائیلاگ نٹ کرو بیٹا ۔"

" جینے کو ملے تو کون مرنا چاہے گا ۔ کیوں گل ہما ؟ "

دسوندھا سنگھ کہے جا رہا تھا ۔" اوے جانی ۔ پڑھ دے تھوڑا سا جپ جی اور سُدھار لے اپنی عاقبت ۔" اور پھر اس نے آسمان کی طرف دیکھ کر کہا ۔" اوے واہیگورو ۔ بندا تو غلطی کرتا ہی ہے ۔ ہم سے تو نہیں پڑھا جاتا تیرا جپ جی ۔"

جانی چور بیلچہ اُٹھائے اب بھی جھُسیاں لے لے پڑتا تھا ۔ وہ اونچی آواز میں بولا ۔" ایک ہماری سُن لو اُستاد ۔ آگ میں جل کر مرنے کی جگہ برف کے نیچے دب کر مرنا ہزار گُنا اچھا ہے ۔"

گل ہما نے مہیش کی طرف دیکھ کر کہا ۔" یہ ڈائیلاگ بھی نوٹ کر لو ۔"

اس کو کہتے ہیں ڈرامہ ۔" اختر نے اپنی قابلیت جھاڑی ۔" چارپائی پر ایڑیاں رگڑ رگڑ کر مرنے کی بہ نسبت تو یہ موت اچھی ہے ۔ کیوں گل ہما ۔ تیرا نام خوش لب کیسا رہتا ؟"

دسوندھا سنگھ کہہ رہا تھا ۔ اجیت جپ جی کا پاٹھ بند کر ۔ ہمیں گل ہما کے بول سُننے دے ۔"

اختر بولا ۔" میری بیوی اور بچی کا کیا بنے گا ؟ یہ شیطان گلی ۔ یہ طوفانی شام اور یہ گل ہما جس کا نام خوش لب ہونا چاہیے تھا ۔"

تم سمجھ رہے ہو کہ ہم ریہرسل کے لیے مل کر بیٹھے ہیں ۔ جب مجھے ڈائریکٹر کے اشاروں پر ناچنا پڑتا ہے ۔" گل ہما کا قہقہہ طنز کی حدوں کو چھو گیا ۔

مہیش بھی چُپ نہ رہ سکا ۔ گل ہما ۔ ! نہ میری پتنی ہے ، نہ اولاد ۔ میں تو مرنے کے بعد بھی یہی کہوں گا کہ شیکسپیئر کی طرح کوئی ہیملیٹ نہ لکھ سکا ۔

گل ہما بولی ۔ سردارجی ہیرو ہیں ۔ بہت بڑے ہیرو ۔ جن کے ساتھ زندگی نے مذاق کیا

ہے جن کو ہیرو بننا چاہیے، وہ بی کلاس بس کے ڈرائیور ہیں اور جو سچ مچ ڈرائیور بھی نہیں کلینر ہیں، وہ ہیرو بنے بیٹھے ہیں۔ عجیب جگہ ہے یہ دنیا بھی۔"

ہوا کے ساتھ پتہ نہیں اتنی دھند کہاں سے چلی آئی تھی۔ رستہ دکھائی نہیں دے رہا تھا۔ اور پھر آہستہ آہستہ برف پڑنے لگی۔ اب اس کے علاوہ کوئی چارہ نہیں تھا کہ دھائی ٹوٹڑو کی طرح دسوندھا سنگھ اور جانی چور بھی بس کے اندر دُبک کر بیٹھ جائیں۔

اختر ایسا چپ ہوا کہ گل ہما کے بار بار بُلانے پر بھی بولنے کو راضی نہ ہوا۔ وہ بیٹھا سگریٹ کے کش لگا رہا تھا۔

مہیش نے گل ہما کے اور نزدیک ہو کر کہا۔ زندگی اور موت کے درمیان کچھ ہی ہاتھوں کا فاصلہ رہ گیا ہے۔ شام کے اندھیرے ڈھل آئے۔ گلابو گجری کیوں یاد آ رہی ہے۔ وہ میلے حلوائی کو دودھ دینے آئی تھی۔ اور میں اپنے ڈائیلاگ فٹ کرنے کے لیے، ایک پاؤ دودھ کی خاطر میلے کی دوکان پر کھڑا رہتا تھا۔ تب سے اب کے بیچ دس سال کا فاصلہ ہے۔ لیکن یہ کیا بات ہے گل ہما کہ تیری مسکان میں گلابو کے سانسوں کی مہک رچی بسی محسوس ہوتی ہے۔ گلابو جہاں کھڑی ہو جاتی میلہ لگ جاتا مجھے یاد ہے گل ہما! تم نے ایک بار کہا تھا: "مہیش۔ میں آگ ہوں، جو بھی میرے نزدیک آئے گا، بھسم ہو جائے گا۔ آج میں چاہتا ہوں کہ اس آگ میں بھسم ہو جاؤں۔"

"گل ہما نے ہنس کر کہا: "نام ہے گل ہما۔ مطلب برف کا پھول۔ لیکن میں نے سچ مچ اپنے سینے میں ایک آگ چھپا رکھی ہے۔"

مہیش نے پوچھا۔ "کیا یہ سچ ہے کہ برف کا مقابلہ آگ ہی کر سکتی ہے؟"

باہر برف پڑ رہی تھی۔ دسوندھا سنگھ اور جانی چور کو جیسے کاٹھ مار گیا تھا۔ اختر بھی سگریٹ بجھائے بیٹھا تھا۔

مہیش بولا۔ "گل ہما۔ تم نے میرے ساتھ وارانیڈ پیس فلم دیکھتے ہوئے کہا تھا۔ پی اری سے تم کتنے ملتے جلتے ہو مہیش۔ کاش تم پی اری کی طرح لمبے بھی ہوتے اور تمہاری آنکھوں پر موٹے شیشوں والی عینک بھی چڑھی ہوتی۔۔۔۔"

"اب اگر اس طوفان سے بچ گئے تو میں اپنی آنکھوں پر ایک عینک بھی چڑھوا لوں گا۔ باقی رہا

بلیے ہونے کا سوال۔ وہ میں اونچے پلیٹ فارم پر کھڑے ہو کر اپنی نتاشہ سے باتیں کر لیا کروں گا۔"

گل ہما ہنس پڑی، جیسے بنسری کا گیت سم سے پنچم تک پہنچ جائے۔

باہر برف پڑ رہی تھی۔ دسوندھا سنگھ خاموشی کو توڑ کر کبھی کبھی اکال پُرش کو بھی آواز مار لیتا تھا۔

اختر نے ہار کر نیا سگریٹ سلگایا اور لمبے کش لگانے کے بعد بجھا کے رکھ دیا۔

دسوندھا سنگھ نے اعلان کیا۔" اپنے اپنے دیوی دیوتا اور پیر و مرشد کو یاد کر لو۔ یار۔ موت کے ساتھ ملاقات ہونے میں زیادہ دیر نہیں۔"

گل ہما بولی۔" آپ تو ہمارے ہیرو ہو۔"

مہیش نے گل ہما کے نزدیک جھک کر کہا۔" تیری آواز میں لوچ کے ساتھ جو نوکیلا پن ہے وہ میں کہاں سے لاؤں؟"

کلچرل ڈیلیگیشن کے ساتھ سمندر پار جاتے وقت تم مجھے اپنے پیار کا زرتار رومال نہ دے جانا۔ میں تو پیار کے بوجھ کو بھی سری نگر کے لال چوک میں کھڑے ہو کر گولڈ فلیک کی ایک ڈبیا کے لیے بیچ سکتا ہوں۔"

گل ہما نے اُداس ہو کر کہا۔ کون بیچ سکتا ہے سری نگر کے لال چوک میں کسی کا لال رومال۔ ایک رومال کی آرزو دل میں لیے تم شاید ساری زندگی تڑپتے رہے ہو۔

مہیش نے گولڈ فلیک کی ڈبیا سے آخری سگریٹ نکال کر سُلگایا اور بولا۔" میں شاید اتنا اچھا آدمی نہیں ہوں، جتنا دکھائی پڑتا ہوں گل ہما۔ میں نے زندگی میں تیرہ بار عشق کیا ہے۔ سمندر پار جا کر جب تم سنتوا اور قہقہے بانٹو تو ہمیں بھی یاد کر لیا کرنا۔

دسوندھا سنگھ نے یاد کی گاڑی کو پیچھے کی طرف گھماتے ہوئے کہا۔ تیرے جیسے شاہ کو بات کرنی نہیں آتی ہوگی۔ سچے پاتشاہ واہیگورو جی نے گلابو گجری کو یقیناً برف کا پھول بنایا ہوگا۔ دیکھو جی، عشق کی گلی تو آگ کی گلی ہے۔ ہم نے بھی کبھی کسی کو پیار کیا تھا۔ اور اُسی کی یاد میں ان راستوں پر گاڑی چلا رہے ہیں۔ اور اب ہمارا عشق کیکر سنگھی (کیکر کے چھلکے سے نکالی ہوئی شراب) کے ساتھ ہو گیا ہے۔ سچے پاتشاہ ہو۔ یہ شغل ہم ضرور کر لیتے ہیں۔ کیکر سنگھی آگ ہے، اور

برف میں آگ کی ضرورت ہوتی ہے۔" اور پھر جیسے یاد کے الاؤ پر سوکھی ٹہنیاں ڈالتے ہوئے اُس نے کہا۔

" وہ بھی اسی ٹرک پر ملی تھی گُگّے کی جان۔ اُس کا نام تھا لالہ رُخ۔ جیسے وہ ٹھوٹ کے ڈاک بنگلے میں آرام کرسی پر بیٹھی میٹھی میٹھی باتیں کر رہی ہو۔"

گل ہما بولی۔" ہم سب اپنا اپنا ڈرامہ کھیل رہے ہیں۔"

اور ایک دوسرے کے کرداروں کے ساتھ ہم ہنس سکتے ہیں۔ رو سکتے ہیں" جہینش نے حامی بھری۔

" لیکن ایک ڈرامے کی ہیروئن کو سردارجی دوسرے ڈرامے کی ہیروئن کے ساتھ ملا رہے ہیں اختر خاموش نہ رہ سکا۔" واہ سردار جی! آپ کی کیا بات ہے۔"

دسوندھا سنگھ نے دیکھا کہ پہاڑ سے جتنی برف ڈھلکنی تھی ڈھلک چکی ہے۔ برف پڑنی بھی اب بند ہو گئی تھی اچانک تلہٹی کی طرف ایک روشنی نظر آئی۔ اُس نے اپنے ہاتھوں پر جمی ہوئی برف کو جھٹکا کر اور گلے کا پورا زور دکھاتے ہوئے کہا۔" آگ۔ آگ۔ ہم بچ گئے گُگّے کی جان!۔ اوے مبارکاں۔ اوے مبارکاں۔"

اُس نے باہر نکل کر دیکھا۔ برف پڑنی بند ہو گئی تھی۔ اور دھند بھی کم ہو گئی تھی۔ برف پر کھڑا ہو کر وہ گنگنانے لگا۔

" کرڑیئے بنگال دیئے۔

نی دُکھ تجھے کسی بات کا؟"

پھر وہ خوشی سے اُچھل کر بولا" اوے بُلبُل کی لالٹین، لیڈی اور جنٹلمین۔ جان بچی سو ہنیو۔"

اب ڈھائی ٹوٹرو گاڑی سے باہر نکل آئے تھے۔ گل ہما ہنس کر بولی۔" اپنا ڈائیلاگ دہراؤ۔"

دسوندھا سنگھ نے خوشی سے سرابور آواز میں کہا۔" نی کمینے گوار گند لے! نی گُگّے دی جان! نی بُلبُل کی لالٹین۔ آگ کے پاس تو پہنچ لیں۔ پھر وہ باتیں سُناؤں گا! وہ گھنگھرو بجائیں گے کہ تیرا یہ ڈائریکٹر اور ڈرامہ نویس، دونوں آلو نہ بن جائیں تو میرا نام بدل دینا۔ گُگّے کی جان!

گل ہما کی ہنسی رُکنے کا نام نہیں لے رہی تھی۔

اختر نے سگریٹ سلگا کر کش لگایا اور مہیش کے کندھے پر ہاتھ مار کر کہا۔" مجھے ملٹری منٹ مل جائے گی۔"

جانی نے بیلچہ اٹھایا اور ٹرک چھوڑ کر پہاڑ کی ڈھلوان پر راستہ بنانے لگ گیا۔ کسی پتھر پر پاؤں آجانے کی وجہ سے وہ ایسے پھسلا کہ دو ہاتھ نیچے جا کر وہ گھٹنوں تک برف میں دھنس گیا۔ وہ بڑی مشکل سے سنبھلا۔ اختر مہیش تین چار ڈبے اٹھائے جانی کے پیچھے چل دیے۔ مشکل تھی تو گل ہما کے لیے،" آگ جتنی نزدیک تھی، راستہ اتنا ہی مشکل۔"

دسوندھا سنگھ نے لگر سنگھی اپنے تہبند کی"ڈب"میں رکھ لی اور پھر گل ہما سے کہا۔ پر یہ بڑی چھلکے کھانے والے تجھے کیسے اُٹھا سکتے ہیں۔ گڈے دی جان؛ واہیگورو کی قسم! تجھے اٹھا کر لیجانے کا کام تو تندوری روٹی کھانے والے ہی کر سکتے ہیں۔ ڈر و گی تو نہیں گڈے دی جان؛"

اب گل ہما دسوندھا سنگھ کی باہوں میں تھی۔ وہ کہتا جا رہا تھا۔ گڈے دی جان۔ تجھے پھول کی طرح وہاں جا لٹکاؤں گا۔ اوئے بُلبُل دی لالٹین۔ لیڈی اور جنٹل مین۔"

دونوں کے جسم کی آگ نے پتہ نہیں کتنی برف پگھلا دی۔

الاؤ والے بوڑھے گجر نے اپنا نام رحیمو بتایا۔ اُس کا جتل کتا بھونک بھونک کر آنے والے مہمانوں کا استقبال کر رہا تھا۔

دسوندھا سنگھ کی زبانی برف میں گاڑی پھنسنے کی کہانی سن کر رحیمو نے کہا۔

" برف سے بچنے کے لیے آگ سب کو نصیب ہو۔ اور پھر جیسے ڈبو نے بھی اپنی لمبی آواز میں اپنے مالک کی تائید کی۔

دسوندھا سنگھ نے اپنی کمر سے لگر سنگھی نکالی اور جیب سے شیشے کا گلاس۔ اُس نے کہا۔ اوے چاچا رحیمو۔ یہ ہماری آگ ہے۔" ہم تو پیالہ پیگ پئیں گے۔"

اس نے پیگ پیش کرتے ہوئے کہا۔ پہلے تو ہی ہماری آگ کا بھوگ لگا دے گڈے دی جان۔"

اشارہ سمجھ کر چاچا رحیمو چار کٹوریاں اور پانی کا لوٹا اٹھا لایا۔

پہلا پیگ گل ہما کے ہاتھ میں پہونچ چکا تھا۔ پھر سب کو اپنے اپنے پیگ مل گئے۔ چاچا

ریمو اس کے لیے تیار نہ ہوا۔

دسوندھا سنگھ نے لکڑ سنگھی کے چار گھونٹ بھر کر کہا۔ "او ے سفید داڑھی والے چاچا۔ پیر اپنے سفید گھوڑے پر سوار ہو کر ہماری مشکل آسان کرنے کیوں نہیں آیا ؟ کیا آج کل پیر گھوڑے کی سواری کے قابل نہیں رہا ؟"

چاچا رحیمو بولا۔ "سردارا، بہار شروع ہونے پر جب برف پگھلنے لگتی ہے۔ پیر اپنے سفید گھوڑے پر چڑھ کر ہم لوگوں کو اپنی صورت دکھاتا ہے۔ پھر پیر کا راستہ کھلتا ہے۔ لیکن اب تو پیر کی سرنگ بن گئی ہے اور پیر کی ٹرک بارہ مہینے چلتی رہتی ہے۔"

دسوندھا سنگھ نے اپنی کٹوری میں سے دو گھونٹ بھر کر کہا۔ "او ے چاچا، پیر کی مرضی نہ ہوتی تو سرنگ نہ بنتی۔ واہیگورو کی قسم، مسافروں کو گاڑی میں بیٹھے دیکھ دیکھ کر وہ آرام طلب ہو گیا ہے۔ اُس نے گھوڑے کی سواری چھوڑ دی ہے۔"

جانی نے جھوم کر کہا۔ پیر کی برف جیسی سفید داڑھی ہو گئی ہے۔ جوانی کا زور نہیں رہا۔"

اختر نے کہا۔ " پیر بیٹھ گیا اور اُس نے کہا۔ میرے اوپر سے ہو کر جاتے ہو، تو میری چھاتی میں سُوراخ ڈال کر نکل جاؤ، تب راستہ ملا۔"

مہیش بھی چُپ نہ رہ سکا۔ " لوگوں کا خیال تھا کہ پیر کی چھاتی میں سوراخ کرنے سے اتنا پانی نکلے گا کہ وادی ڈوب جائے گی اور دوبارہ جھیل بن جائے گی۔ جیسے پہلے زمانے میں تھی، لیکن ایسی کوئی مصیبت تو نہیں آئی۔"

گل ہما نے مسکرا کر کہا۔ " میں کہتی ہوں چھوڑ دو یہ قصہ۔ ٹھنڈ کہتی ہے۔ آج ہی پڑوں گی۔ اور بھوک کہتی ہے۔ آج ہی لگوں گی۔"

لکڑ سنگھی کے ساتھ ساتھ مکھنوں نے ڈلیوں میں بھرا ہوا کھانے پینے کا سامان ختم کر دیا تھا۔

دسوندھا سنگھ نے نشے میں جھوم کر کہا۔" جانی اب تو ڈرائیور بن گیا۔"

چاچا رحیمو الاؤ میں لکڑی ڈال رہا تھا۔ دسوندھا سنگھ نے پگڑی اُتار کر گلے میں ڈال

نی ،' اور بالوں کا جوڑا باندھتے ہوئے بولا۔" میری داڑھی تو ابھی کھچڑی ہی کھا رہی ہے ۔ گُلّے دی جان لیکن میرے بالوں میں پیر کی برف پڑ گئی ہے ۔ چھوہرے ، چھوہرے ۔ نی گُلّے کی جان ۔ اب تو پیر کی برف اور بھی پڑے گی ۔ واہیگورو کی قسم ۔ ابھی تو ہمارے بازووں میں جان ہے ۔" یہ کہتے ہوئے اُس نے اپنی کٹوری میں سے آخری دو تین گھونٹ جتیل کے مُنہ میں ڈال دیے ۔ اور جتیل چوں چوں کرتا ہوا دسوندھا سنگھ کا شکریہ ادا کرنے لگا۔

گل ہما ہنس کر بولی ۔" ابھی ہمیں بہت سے ڈرامے کھیلنے ہیں ۔" اور اس نے پیگ خالی کر دیا۔
دسوندھا سنگھ نے اُس کے گلاس میں ککر سنگھی ڈالی تو وہ گھونٹ بھر کر بولی ۔" ابھی تو ہمیں بہت دور جانا ہے ۔"

"کُڑیئے ۔ کُڑیے ۔ نی ہماری گُلّے دیئے جانیئے ۔" دسوندھا سنگھ نے جھوم کر کہا۔" تم بھی مایا ہو بے انت ۔ اکال پُرکھ کی مایا دیکھوں یا تیری ۔ واہیگورو کی قسم ۔ گُلّے دی جان اپنا ہی حال لکھوائے گی ڈراما نویس سے ، یا ہمارا حال بھی رہے گا ۔ سوہنیو ۔"

یہ سُن کر سارے ہنس پڑے ۔

ایسا لگتا تھا کہ سب کی باتیں ختم ہو گئیں ۔ دگڑ دگڑ کرتی نیند آ رہی تھی ۔

کُتّا بڑے پیار سے پونچھ ہلاتا ہوا دسوندھا سنگھ کے جسم سے اپنی پیٹھ رگڑ رہا تھا۔

سبھی اونگھنے لگے ۔ سب سے پہلے چاچا رحیمو خرّاٹے بھرنے لگا ۔ جیسے وہ خود پیر پنجال ہو ۔

دسوندھا سنگھ کی آنکھ نہ لگی ۔ جتیل اس کی پیٹھ سے اپنی پیٹھ رگڑ رہا تھا۔ دسوندھا سنگھ نے ککر سنگھی کا آخری پیگ اُس کے مُنہ میں اُلٹاتے ہوئے کہا۔" لے اوئے پُترا ۔ مزے سے سونا آج اگر کہیں پیر پنجال سپنے میں مل جائے تو کہنا ۔ اوئے پیرا ' فقیرا ۔ تیرے راج میں دسوندھا سنگھ ڈرائیور کو تکلیف نہیں ہونا چاہیے ۔

جتیل بہت احسان بھری نظروں سے دسوندھا سنگھ کی طرف دیکھنے لگا اور پھر وہ بھی سو گیا۔

دسوندھا سنگھ گنگنانے لگا۔

تیرے سامنے بیٹھ کے رونا

اور دُکھ تجھے نہیں بتانا ۔

دسوندھا سنگھ کی نظر بار بار گل ہما کی طرف اُٹھ جاتی، جس کا چہرہ بجھی ہوئی آگ کی روشنی میں اور بھی پیارا لگ رہا تھا۔ جیسے آگ برف میں دھنس رہی ہو اور برف آگ میں اُتر رہی ہو۔ اس کے دل میں تو آیا کہ اُسے جگا کر اس کی کہانی سُنے۔ لیکن وہ یہ سوچ کر چُپ ہو رہا کہ اس ٹرک سے پتہ نہیں کتنی بار لالۂ رخ کس کس روپ میں درشن دے گی۔

اُس کی نگاہ گلِ ہما کی طرف اُٹھ جاتی تو اُس کا ہاتھ اپنے آپ سوئے ہوئے حتیل کی پیٹھ پر پھرنا شروع ہو جاتا۔ اُسے نیند نہیں آ رہی تھی۔

گُل ہما نے کروٹ بدل کر ادھ کھُلی آنکھوں سے دسوندھا سنگھ کی طرف دیکھا۔ جو ٹکٹکی لگائے اُسے دیکھے جا رہا تھا۔

○

کرتار سنگھ دُگّل کا کہانی کہنے کا فن مصوّر کے فن سے زیادہ قریب ہے جس طرح مصوّر اپنے جذبات و معنی کو رنگوں کی مختلف پرتوں سے ظاہر کرتا ہے۔ کچھ ایسا ہی انداز کرتار سنگھ دُگّل کا ہے۔ فرق ہے تو صرف یہ کہ مصوّر اپنی بات کہنے کے لیے پرت در پرت رنگ کے اوپر رنگ چڑھاتا چلا جاتا ہے اور دُگّل قاری کو اپنا ہم خیال بنانے کے لیے کچھ خاص جملوں یا خیال کو کسی نہ کسی طرح دہرا کر یہ کام کرتے ہیں۔

دُگّل کا یہ انداز اس کہانی میں بھی موجود ہے۔ لیکن ان کی یہ کہانی ایک اور اعتبار سے بھی اہم ہے۔ یہ کہانی ایک المیہ ہے آج کے دور میں ٹوٹتی ہوئی اقدار کا جس کے زیر اثر انسان اتنا خود غرض ہو گیا ہے کہ اس کی تمام تر توجہ ذاتی اغراض پر مرکوز ہو کر رہ گئی ہے۔ دوسروں کے جذبات کی قدر کرتے ہوئے دوسرے کی خوشیوں کے لیے نجی ضرورتوں اور خوشیوں کی قربانی دے کر جو سچی خوشی حاصل ہوتی ہے اُسے پانے کا دور ختم ہو گیا ہے۔ مسز ملک سوچتی ہے کہ ساس کے لیے ۷ x ۱۰ کا کمرہ کافی ہے اور پھر یہ کہ یہ کمرہ بھی صرف اس لیے بن رہا ہے کہ ساس کے ختم ہوتے ہی اسے اسٹور بنالیا جائے گا۔ لیکن حالات نے اسے کچھ ایسے دن دکھائے کہ اسے اپنے بنوائے ہوئے مکان میں رہنے کا اوّل تو موقع ہی نہیں ملا اور جب ملا بھی تو اس وقت جب اُس کا شوہر مر چکا ہے اور اس کی زندگی اپنے بیٹے کے رحم و کرم کی مرہونِ منت ہے۔ اسی لیے جب وہ اس مکان میں داخل ہوئے تو اُنھوں نے اصلی کمروں پر قبضہ کر لیا اور اس کے لیے اُسی کمرے کو مخصوص رکھا جس کو مسز ملک اپنی ساس کے لیے مخصوص رکھنا چاہتی تھی۔

صرف اسی کہانی پر بس نہیں۔ دُگّل کی پچھلی دہائی میں لکھی گئی کہانیوں کا جائزہ لیا جائے تو قاری یہ محسوس کریں گے کہ دُگّل جیسے جیسے بوڑھے ہوتے جا رہے ہیں، ویسے ویسے اُن کی فکر جوان ہوتی جا رہی ہے۔ اور یہی کسی فنکار کی فنی صحت کی نشانی ہے۔

کرتار سنگھ دُگّل

۱۰ × ۷ کا کمرہ

" یہ کمرہ ۱۰ × ۷ کا ہونا چاہیئے۔" تپائی پر کھلے ہوئے نقشے کی طرف اشارہ کرتے ہوئے مسز ملک نے پھر کہا۔ یہ تجویز اُنھوں نے تیسری بار دی تھی۔ لیکن پتہ نہیں کیسے نہ ان کے شوہر اور نہ ہی اُن کے آرکیٹکٹ نے اُن کی بات کی طرف کوئی دھیان دیا۔

مسز ملک اپنا مکان بنوا رہی تھیں۔ دہلی میں سب سے زیادہ فیشنیبل علاقے میں ان کا پلاٹ تھا، اور آج کل جب ان کا تبادلہ دہلی میں ہوا تھا۔ اُنھوں نے فیصلہ کیا، چار چھ مہینے لگا کر یہ کام بھی نپٹا دیں۔

مسز ملک کہتیں "میں تو اب دِلّی میں رہوں گی۔ آپ کی تبدیلی تو ہر چوتھے روز ہو جاتی ہے۔ میں تو اب بچوں کی پڑھائی اور خراب نہیں کروں گی۔ میں اور ماں جی (مسز ملک کی ساس) بچوں کے ساتھ دلی میں رہیں گے۔ کوئی بات بھی ہوئی۔ ہر دوسرے روز تام جھام اُٹھا کر دوسرے شہر۔

بچے جوان ہو رہے تھے۔ دلی میں اکیلے رہنے میں کیا ڈر؟ اور پھر ماں جی ان کے پاس ہوں گی مسٹر ملک کو بھی اپنی بیوی کی رائے ٹھیک لگی تھی۔

" یہ کمرہ ۱۰ × ۷ کا ہونا چاہیے۔" مسز ملک نے پھر کہا۔ کچھ دیر سے مسٹر ملک ساتھ کے کمرے میں ٹیلیفون سُن رہے تھے۔

"لیکن یہ تو اسٹور ہے۔" آرکیٹکیٹ نے مسز ملک کو سمجھایا۔
یہ تو ٹھیک ہے۔ میرا مطلب ہے یہ کمرہ ماں جی کا ہو جائے گا۔ پھر اسٹور بنا لیں گے۔"
آرکیٹیکٹ کو جیسے یہ بات سمجھ میں نہ آئی ہو۔ وہ مسز ملک کے منہ کی طرف دیکھ رہا تھا۔
" میرا مطلب ہے۔ ماں جی اس کمرے میں اٹھ بیٹھ لیا کریں گی۔ پھر ان کے بعد ....
انھیں کون سا اب زیادہ دیر ...."

اتنے میں مسٹر ملک ٹیلیفون سن کر آ گئے۔ ٹیلیفون پر باتیں کرتے ہوئے انھوں نے بھی یہی سوچا تھا کہ اسٹور روم ذرا بڑا ہونا چاہیے۔ آدمی کھلا ڈھلا اس کے اندر سامان رکھ سکے اور پھر کھلے اسٹور کی صفائی بھی تو آسانی سے ہو سکتی ہے

اور فیصلہ ہوا۔ بچوں کے بیڈ روم اور غسل خانے کے ساتھ لگتا کمرہ ۱۰ × ۷ کا بنا دیا جائے۔ آنگن تھوڑا سکڑ جائے گا۔ اس کا کوئی حرج نہیں۔

باقی سب سہولتیں نقشے میں پہلے ہی مہیا کی ہوئی تھیں۔ اور نقشہ پاس کرانے کے لیے بھیج دیا گیا۔ مسز ملک نے بڑے شوق کے ساتھ اپنا گھر بنوایا۔ گرمی کے دنوں میں وہ ساری ساری دوپہر چھاتا لیکر کاریگروں کے سر پر کھڑی رہتیں۔ کئی بار جب کوئی مزدور عورت نہ پہنچتی وہ خود مزدوروں کا ہاتھ بٹانے لگتیں۔ صبح سب سے پہلے موقع پر پہنچتیں، شام کو سب کو بھیج کر واپس آتیں۔ مسز ملک مٹی کے ساتھ مٹی ہوتی رہیں۔ اور پھر ان کا مکان کھڑا ہو گیا

کمرے تو پہلے ہی بنے ہوئے تھے۔ کون سا کمرہ کس کا ہوگا۔ مسز ملک کہتیں۔ پرانے فرنیچر کا پٹرا بھی وہ اس مکان میں گھسنے نہ دیں گے۔

گھر بن کر تیار ہو گیا تھا۔ ابھی "گرہ پرویش" نہیں ہوا تھا۔ کہ سرکار نے مکان کو ایکوزیشن کر لیا۔ مسز ملک کو جب پتہ چلا۔ انہیں چاروں کپڑے آگ لگ گئی۔ لیکن پھر بہت سی رقم کرائے کی سن کر، اس نے سرکار کے اس ظلم کو معاف کر دیا۔

اڑوس پڑوس کی عورتوں سے پہلے سے بنا رکھی دوستی، گلی محلے میں، مکان بناتے وقت پیدا ہوئے رشتے، مسز ملک کی چھوٹی موٹی کئی امیدیں ویسی کی ویسی دھری رہ گئیں۔ اپنے بنائے ہوئے گھر کو سنوارنے سجانے کے اس کے سپنے، ویسے کے ویسے ادھورے رہ گئے۔ مسز

ملک سوچتی اور ایک پھیکی سی ہنسی ان کے لپسٹک رنگے ہونٹوں پر کھیلنے لگتی۔

اور پھر اُن کا تبادلہ ہو گیا۔ مسز ملک نے شکر منایا۔ نہ اب وہ اپنا مکان دیکھا کریں گی، نہ انہیں غصہ آیا کرے گا۔ نہ اگلے پل ڈھیر سارے کرائے کی فکر سے اُن کا غصہ ٹھنڈا ہوا کرے گا۔

دلی سے چلتے وقت کبھی مسز ملک سوچتیں۔ اچھا ہے۔ جائداد تو بن گئی۔ کبھی انہیں افسوس ہونے لگتا۔ اتنے شوق سے اُنھوں نے مکان بنوایا تھا۔ اپنی ہر ضرورت کا دھیان رکھ کر اور چار دن بھی وہ اس میں رہ نہ پائی تھیں۔

تبادلیوں کے چکر میں ایک شہر سے دوسرے شہر گھومتے کئی سال بیت گئے۔ ایک ارمان تھا مسز ملک کا اپنے مکان میں رہنے کا۔ وہ پورا نہ ہوا۔ سرکار نے ان کے گھر میں کوئی دفتر کھول رکھا تھا اور مسز ملک سوچتیں۔ چلو اچھا ہے۔ کرایہ تو ہر مہینے کی پہلی کو ہمارے نام جمع ہو جاتا ہے اگر سرکار کرایہ پر نہ لیتی تو کبھی کوئی کرایہ دار کبھی کوئی، کسی کا یہ نخرا، کسی کا وہ، کون کرایہ داروں کی فرمائشیں پوری کرتا رہتا۔

یوں تبادلوں کے چکر میں مسز ملک کی ساس چل بسیں، بوڑھی عمر، کتنی دیر اور انتظار کرتیں۔ مسز ملک کی بیٹی بیاہی گئی۔ بس اب بیٹے کا بیاہ رچانا تھا۔ اُدھر ان کے شوہر کے ریٹائر ہونے کا وقت آرہا تھا۔ اُنھوں نے فیصلہ کیا۔ ریٹائر ہونے سے کچھ دن پہلے وہ لڑکے کا بیاہ بھی کر ڈالیں گے۔ نوکری میں بیاہ رچانے میں سہولت مل جاتی ہے۔

اُن کے بیٹے کا بیاہ ہو گیا۔ گھر بہو آگئی۔ اور پھر مسٹر ملک ریٹائر ہو گئے۔ لیکن دہلی والا مکان سرکار نے ابھی تک خالی نہیں کیا تھا۔

مسٹر ملک اور مسز ملک اپنے بہو بیٹے کے ساتھ رہ رہے تھے۔ دہلی میں ہی تو ان کا بیٹا نوکر تھا۔ مکان کے مالک خود کرایہ کے گھر میں رہتے تھے۔ ان کا اپنا گھر سرکار نے سنبھالا ہوا تھا۔

مسٹر ملک سرکار سے عرضی پرچے کرتے ہار گئے۔ پھر ایک دن اُن کا آخری وقت بھی آگیا۔ ابھی مسٹر ملک کی موت کو تین مہینے نہیں ہوئے تھے کہ اُن کا گھر خالی کر دیا گیا۔

مسز ملک کی نیشن ایبل بہو اپنی ساس سے بھی زیادہ اُتاؤلی ہو رہی تھی اپنے گھر میں جانے کے لیے، اِدھر مکان خالی ہوا تھا اُدھر اُس نے اپنا سامان ڈھونا شروع کر دیا۔ ایک دن، دو دن،

تین دن ٹھیلے آتے رہے۔ بازار سے نیا فرنیچر پہنچتا رہا۔ مسز ملک کی بہو سارا سارا دن اپنے مکان میں جاکر صفائی کراتی رہتی، گھر سجاتی رہتی۔

سوموار صبح انہیں اپنے گھر میں منتقل ہونا تھا۔ اس دن سو کر اُٹھے تو باہر بارش ہو رہی تھی مسز ملک کی بہو، بیٹا، مسز ملک خود انتظار کرتے رہے۔ بارش اب رُکتی ہے۔ لیکن پانی لگاتار پڑتا رہا۔ اور پھر مسز ملک کے بیٹے کا دفتر جانے کا وقت ہو گیا۔ فیصلہ یہ ہوا کہ شام کو وہ اپنے گھر میں منتقل ہوں گے۔ شام کو بھی بارش ویسی کی ویسی ہوئے جا رہی تھی۔ مسز ملک بار بار کہتیں۔ مہورت آج کا نکلا ہے۔ کسی طرح آج اپنے گھر میں پہنچ جانا چاہیے۔ اور پھر ماں جی کا کہنا مان کر بہو بیٹا بارش میں ہی چل دیے۔ جو سامان باقی رہ گیا۔ وہ پھر ڈھویا جا سکتا ہے۔ ایک اپنی کار تھی، ایک ٹیکسی منگوالی گئی۔

چھم چھم۔ باہر مینہہ پڑ رہا تھا۔ کار کی پچھلی سیٹ پر بیٹھی مسز ملک یادوں کی جھرمٹ میں کھوئی جا رہی تھیں۔

وہ ارمان جس کے ساتھ اُنھوں نے اپنا گھر بنوایا تھا۔ وہ دن ہائے۔ وہ دن بھی کیسے تھے۔ سارا سارا دن وہ دھوپ میں کھڑی، مزدوروں کو کام کرتے دیکھتی رہتیں اور کیا مجال جو اُسے ذرا بھر بھی تھکاوٹ ہو۔ ان کے آرکیٹیکٹ نے گھر کا ایک رنگین نقشہ بنایا تھا۔ گھر تیار ہو کر کیسا لگے گا۔ نقشے میں برآمدے کے کھمبے کے ساتھ لگ کر ایک عورت کھڑی تھی۔ بے حد خوبصورت۔ جیسے کوئی پری ہو۔ اور اُس روز رات کو سونے کے لیے لیٹی مسز ملک کو لگا۔ آرکیٹیکٹ نے نقشے میں وہ تصویر اُنہی کی بنائی تھی۔ اور پھر کئی دن بار بار وہ سنگار میز کے سامنے جاکر کھڑی ہوتیں، بار بار اس تصویر کو دیکھتیں۔ مسز ملک کو لگتا۔ آرکیٹیکٹ نے وہ تصویر اُنہی کی ہی بنائی تھی۔ مسز ملک سوچتیں، وہ تصویر بھی اپنی بہو کو دکھائیں گی۔

اُن کی بہو (یہ آج کی لڑکیاں) کیسے اگلی سیٹ پر شوہر کے ساتھ بیٹھی، ہینڈ بیگ میں سے شیشہ نکال کر لپسٹک سے اپنے ہونٹ رنگ رہی تھی۔ آخر اپنے گھر ہی تو جا رہے تھے۔ باہر پانی پڑ رہا تھا۔ اوپر سے رات ہو رہی تھی۔ ایسے میں اتنے سنگار کی کیا ضرورت ؟ لیکن یہ آج کل کی لڑکیاں۔ توبہ۔ توبہ ! کیسے گٹ مٹ۔ گٹ مٹ میں انگریزی میں باتیں

کر رہی تھی۔

مسز ملک سے بس ایک انگریزی نہیں سیکھی گئی تھی۔ اور سب کچھ اُس نے کیا تھا۔ کیا کیا نہیں اُنھوں نے کیا تھا۔ پی بھی تھی پارٹیوں میں۔ کلبوں میں کب تک کوئی انکار کر سکتا ہے۔ ڈانس بھی اُنھوں نے سیکھا تھا۔ اپنے شوہر کے ساتھ بھی، پرائے مردوں کے ساتھ بھی وہ ناچی تھیں۔

لیکن اُن کی بہو تو دس قدم اس سے آگے تھی۔ مسز ملک کو لگا ۔ آرکیٹیکٹ کے رنگین نقشے میں وہ بے حد خوبصورت لڑکی کہیں ان کی بہو تو نہیں تھی؟ نہیں نہیں۔ اُس کی بہو کیسے ہو سکتی تھی۔ وہ تو تب کسی کے سپنے میں بھی نہیں تھی۔ تب تو اُس کا بیٹا ابھی اسکول میں پڑھتا تھا۔ تربوزی رنگ کی ساڑھی جو اُن کی بہو نے آج باندھی ہوئی تھی۔ وہی رنگ تو تھا شاید نقشے والی لڑکی کا، ہاں۔ تربوزی رنگ ہی تو تھا۔ تربوزی رنگ مسز ملک کو کبھی اچھا نہیں لگا۔ اتنا بھڑکیلا رنگ جیسے کسی کو آگ لگی ہو۔ آگ تو لگی ہوئی تھی اس زمانے کو۔

تربوزی رنگ کی ساڑھی پہن سکتی ہے۔ مسز ملک سوچ رہی تھیں۔ لیکن میں تو تب مانوں جب یہ میرے جیسی محنت بھی کر سکے۔ جیسے میں نے گھر بنایا تھا۔ اس کی عمر میں۔ ایک ایک اینٹ اپنے سامنے لگوائی، چاہے دھوپ ہو چاہے کچھ۔ میں کبھی نہ ہلی تھی چنائی کی دیوار سے۔ میں تو کئی بار اینٹیں اُٹھا اُٹھا کر انہیں پکڑاتی رہی، میں تو کئی بار ربڑ کا پائپ اُٹھا کر خود سیمنٹ کی دیواروں پر چھڑکاؤ کرتی رہتی۔ میں نے تو کئی کئی بار ریت چھانی۔ جب کوئی مزدور عورت نہیں آتی تھی۔ ان دنوں اُن چڑیلوں کے بچے ہونے والے تھے۔

اور پھر کار اُن کی کوٹھی میں جا رکی۔ آنکھ جھپکنے کی دیری میں مسز ملک کی بہو کود کر برآمدے میں جا کھڑی ہوئی۔ ٹھیک وہیں کھمبے کے ساتھ سٹ کر جیسے نقشے میں لڑکی کھڑی تھی۔ مسز ملک کے کلیجے میں جیسے چھُری چل گئی ہو۔ شاید آرکیٹیکٹ نے اُس کے ساتھ چھل کیا تھا۔ دھوکا کیا تھا۔

سامنے برآمدے میں کھمبے کے ساتھ لگ کر کھڑی، تربوزی رنگ کے ساتھ اپنے موٹے بھاری جوڑے کو ڈھانپتی اُس کی بہو پیچھے ٹیکسی میں سے سامان اُتروا رہی تھی۔ اپنی موٹروں میں سے سامان نکالنے کے لیے نوکر سے کہہ رہی تھی۔

سارا سامان نکل گیا۔ ٹیکسی والا پیسے لے کر چلا گیا۔ مسز ملک ویسی کی ویسی کار میں بیٹھی تھی

جیسے نیچے ہی نیچے کوئی دلدل میں دھنستا چلا جا رہا ہو۔ اور پھر اُس کا بیٹا کوٹھی کے اندر چلا گیا۔ اس کی بہو چلی گئی نوکر چلے گئے۔ ہر کمرے میں بتیاں جل اُٹھیں۔ مسز ملک ویسی کی ویسی کار میں بیٹھی تھی۔ جیسے اُس کا انگ انگ کمزور اور بے جان ہو گیا ہو۔ وہ پھٹی پھٹی آنکھوں سے دیکھے جا رہی تھیں۔

ایک گھنٹہ، دو گھنٹے گزر گئے۔ اور پھر جیسے گھر والوں کو یاد آیا۔

"ارے ماں جی۔" ان کا بیٹا گھبرایا ہوا لپکا اور اس نے موٹر کا دروازہ کھول کر ماں کو باہر نکال لیا۔

"بیٹھے بیٹھے میری آنکھ لگ گئی تھی۔"

مسز ملک کا بیٹا ہنستا ہوا اپنی ماں کو کوٹھی میں لے چلا۔ اُس کی بہو بھی باہر آگئی تھی۔ برآمدے میں کھمبے کے ساتھ سٹ کر کھڑی ہنس رہی تھی۔ تربوزی رنگ کی ساڑھی کا پلو اُس کے موٹے بھاری جوڑے کو ڈھک رہا تھا۔

"مجھے کھانا پینا کچھ نہیں، میں تو اب لیٹوں گی۔" مسز ملک نے اپنی بہو سے کہا۔ کھانا میز پر لگ چکا تھا۔ کھانے کی میز پر ہی تو اُنہیں ماں جی کی یاد آئی تھی۔

"تو پھر اپنے کمرے میں آرام کرلیں۔" مسز ملک کی بہو نے ۱۰ × ۷ کے اس کمرے کی طرف اشارہ کرتے ہوئے کہا۔ اور بیٹا ماں جی کا بازو پکڑے انہیں ان کے کمرے کی چارپائی پر لیٹا آیا۔

"میرا مطلب ہے، یہ کمرہ ماں جی کا ہو جائے گا، پھر اسٹور بنالیں گے۔ چارپائی پر لیٹے لیٹے بار بار مسز ملک کے کانوں میں یہ الفاظ گونج رہے تھے۔

مسز ملک سوچتیں۔ اسے کون سا اب بیٹھے رہنا تھا۔ اُس کا ہرتاج چل دیا تھا جن کے ساتھ لاکھ بار اُس کے ایک ساتھ جینے ایک ساتھ مرنے کی قسمیں کھائی تھیں۔

"میرا مطلب ہے۔ یہ کمرہ ماں جی کا ہو جائے گا، پھر اسٹور بنالیں گے۔" بار بار اُن کے کانوں میں پڑ رہی یہ آواز کتنی اونچی ہوتی جا رہی تھی۔

مسز ملک سوچتیں۔ اسے اب کون سا بیٹھ رہنا ہے۔ اُس کے ارمان ایک ایک کر کے اب

پورے ہو چکے تھے۔

"میرا مطلب ہے۔ یہ کمرہ ماں جی کا ہو جائے گا۔ پھر اسٹور بنا لیں گے۔" یہ آواز جیسے ان کے کانوں میں گونجنے لگی۔ ہاں ایک ارمان مسز ملک کا باقی تھا مسز ملک سوچتیں۔ مرتو اسے جانا ہے کاش مرنے کے بعد وہ یہ دیکھ سکیں کہ اس کی بہو اس کمرے کو اسٹور بنائے گی کہ نہیں۔"

"اور تو سب کچھ ہے۔ ایک اسٹور نہیں اس گھر میں۔" سامنے کھانے کی میز پر بیٹھی اس کی بہو کہہ رہی تھی۔

مسز ملک نے سُنا تو اُسے لگا کہ جیسے اس کے دل کی حرکت بند ہو گئی ہو۔ ایک جھٹکا سا اُسے محسوس ہوا اور پھر اُس کی آنکھیں مُند گئیں۔

امرتا پریتم کے بارے میں عام طور پر کہا جاتا ہے کہ وہ شاعرہ پہلے ہے اور کہانی کار بعد میں۔ بلکہ اکثر یہ بھی سُننے کو ملتا ہے کہ امرتا کی کہانیاں صرف اس لیے پڑھی جائیں گی تاکہ ان کے اندر کی شاعرہ کو صحیح طور پر سمجھا جا سکے۔

ایسی صورت میں ان کی کہانی کا چُناو ایک مشکل کام تھا۔ جب میری نظر ان کی کہانی "شاہ کی کنجری" پر گئی تو ایسے لگا جیسے امرتا پریتم پکار پکار کر کہہ رہی ہوں کہ میں شاعرہ تو ہوں' لیکن بطور کہانی کار میری ایک الگ شخصیت ہے اور اس کی پہچان الگ سے کی جانی چاہیے۔

شاہ کی کنجری اس اعتبار سے خاص طور سے قابلِ ذکر ہے کہ اس میں امرتا کی شاعرہ کا کہیں کوئی دخل نہیں ہے۔ یہ کہانی' کہانی کے سانچے میں ڈھل کر باہر آئی ہے۔ اور کہانی کہنے کے انداز کا بہترین نمونہ ہے جس میں شاہ کی بیوی اپنے آپ کو شاہ کی کنجری سے الگ کر کے دیکھتی ہے اور دوسری عورت کے جذبات کو ٹھیس پہنچائے بغیر اپنی کھوئی ہوئی ذات کو دوبارہ کھوجنے میں کامیاب ہوتی ہے۔

امرتا پریتم

شاہ کی کنجری

اب اُسے کوئی نیلم کہہ کر کوئی نہیں بُلاتا تھا۔ سب شاہ کی کنجری کہتے تھے۔

نیلم پر لاہور ہیرامنڈی کے ایک چوبارے میں جوانی آئی تھی، اور وہیں ایک ریاست کے سردار نے پورے پانچ ہزار روپے دے کر اس کی نتھ اُتاری تھی۔ اور وہیں پر اُس کے حسن نے آگ بن کر سارے شہر کو جلا کر رکھ دیا تھا۔ لیکن پھر ایک دن وہ ہیرامنڈی کے سستے چوبارے کو خیرباد کہہ کر شہر کے سب سے مہنگے ہوٹل فلیٹی میں آگئی تھی۔ وہی شہر تھا لیکن سارے شہر کو جیسے رات بھر میں ہی اس کا نام بھول گیا ہو۔ سب کے منہ سے ایک ہی بات سُننے کو ملتی تھی۔ شاہ کی کنجری۔

غضب کا گاتی تھی وہ۔ کوئی بھی گانے والی اس کی طرح مرزے کی سد" کے بول نہیں اُٹھا سکتی تھی۔ اس لیے لوگ چاہے اس کا نام بھول گئے تھے۔ لیکن اس کی آواز کو نہیں بھولے تھے۔ شہر میں جس کے پاس بھی "توے والا باجہ" تھا۔ وہ اس کے بھرے ہوئے ریکارڈ ضرور خریدتا تھا۔ سب گھروں میں ریکارڈ کی فرمائش کے وقت ہر کوئی یہی کہتا تھا۔ "آج شاہ کی کنجری والا ریکارڈ ضرور سننا ہے۔"

کوئی ڈھکی چھپی بات نہیں تھی۔ شاہ کے گھر والوں کو بھی پتہ تھا۔ صرف پتہ ہی نہیں تھا اُن کے لیے یہ بات بھی پُرانی ہوگئی تھی۔ شاہ کا بڑا لڑکا جواب شادی کے قابل تھا۔ تب گود میں تھا تب سیٹھانی نے زہر کھا کر مرنے کی دھمکی دی تھی۔ لیکن شاہ نے اُس کے گلے میں موتیوں کا ہار ڈال کر کہا

تھا۔"شاہنی! وہ تیرے گھر کی برکت ہے۔ میری آنکھ جواہری کی آنکھ ہے۔ تم نے یہ سنا نہیں ہوا کہ نیلم ایسی چیز ہے جو لکھ پتی کو کنگال بنا دیتا ہے اور کنگال کو لکھ پتی جس کو اُلٹا پڑ جائے اُس لکھ پتی کو کنگال کر دیتا ہے لیکن جسے سیدھا پڑ جائے، موافق آجائے۔ اس کنگال کو لکھ پتی بنا دیتا ہے۔

"وہ بھی نیلم ہے۔ ہماری راشی سے مل گئی ہے۔ جس دن سے اس کا ساتھ ہوا ہے میں مٹی کو ہاتھ ڈالوں تو سونا ہو جاتی ہے۔

لیکن وہی ایک دن گھر اُجاڑ کر رکھ دے گی۔ لکھ پتی کو تنکے سا ہلکا کر دے گی۔" شاہنی نے سینے کے درد کو سہتے ہوئے اسی پیرائے میں دلیل دی تھی، جہاں سے شاہ نے بات چلائی تھی۔

"میں تو بلکہ کہتا ہوں اسے کہ ان کنجریوں کا کیا بھروسہ۔ کل کو کسی اور کے سبز باغ دکھانے پر یہ اگر کسی اور کے ہاتھ پڑ گئی تو لاکھ کا راکھ نہ ہو جائے۔" شاہ نے پھر اپنی دلیل دی تھی۔

اب شاہنی کے پاس کوئی اور دلیل نہیں رہ گئی تھی۔ دلیل اگر تھی تو صرف "وقت" کے پاس اور وقت خاموش تھا۔ کئی برسوں سے چُپ تھا۔ شاہ سچ مچ جتنے پیسے نیلم پر گنواتا تھا اُس سے کئی گُنا زیادہ پتہ نہیں کہاں سے بہتے ہوئے اس کے گھر آجاتے تھے۔ پہلے اس کی چھوٹی سی دُکان، شہر کے چھوٹے سے بازار میں ہوا کرتی تھی۔ لیکن اب سب سے بڑے بازار میں لوہے کے پھاٹک والی سب سے بڑی دُکان تھی اُس کی۔ گھر کے بجائے اب پورا محلہ ہی اس کا تھا۔ جس میں بڑے کھاتے پیتے کرایہ دار تھے۔ اپنے گھر کے تہہ خانے کی طرف سے اس کی شاہنی ایک دن کے لیے بھی لاپرواہی نہیں برتتی تھی۔

بڑے برس ہوئے۔ شاہنی نے ایک دن موہروں والے ٹرنک کو تالا لگاتے ہوئے شاہ جی سے کہا تھا۔

اس کو چاہے ہوٹل میں رکھ اور چاہے تو اس کو تاج محل بنوا دے، لیکن باہر کی بلا، باہر ہی رکھنا، اسے میرے گھر میں نہ لانا۔ میں اس کے ماتھے نہیں لگوں گی۔" اور سچ مچ شاہنی نے آج تک اُس کا مُنہ نہیں دیکھا تھا۔ جب اُس نے یہ بات کہی تھی، تب اس کا بڑا لڑکا اسکول میں پڑھتا تھا۔ اور اب تو وہ شادی کے قابل ہو گیا تھا۔ لیکن شاہنی نے اُس کے گانے والے

ریکارڈ نہ گھر میں آنے دیئے تھے اور نہ ہی گھر میں کسی کو اس کا نام لینے دیا تھا۔ یوں اُس کے بیٹوں نے دو کانوں پر بجتے اس کے گانے سنے ہوئے تھے، اور ہر ایرے غیرے سے سُنا ہوا تھا۔ شاہ کی کنجری۔

بڑے بیٹے کی شادی تھی۔ گھر میں چار مہینوں سے درزی بیٹھے ہوئے تھے۔ کوئی سوٹوں پر سلمے کا کام کر رہا تھا، کوئی تلا، کوئی کناری اور کوئی دوپٹوں پر ستارے ٹانک رہا تھا۔ شاہنی کے ہاتھ ہر وقت بھرے رہتے۔ روپیوں کی تھیلی نکالتی کھولتی، اور پھر اور تھیلی بھرنے کے لیے تہہ خانے میں چلی جاتی۔

شاہ کے دوستوں نے دوستی کا واسطہ ڈالا کہ لڑکے کے بیاہ میں کنجری ضرور گانے کے لیے آئے۔ ویسے انھوں نے بات بڑے طریقے سے کی تھی، تاکہ شاہ کہیں غصہ ہی نہ کر جائے۔

" ویسے تو شاہ جی بہت ہیں گانے والیاں جس کو دل کرے بلالو۔ لیکن وہاں ملکۂ ترنم ضرور آئے۔ چاہے مرزے کی صرف ایک ہی "سد" الاپ دے۔"

فلیٹی ہوٹل عام ہوٹلوں جیسا نہیں تھا۔ وہاں زیادہ تر انگریز لوگ ہی آتے اور ٹھہرتے تھے وہاں ایک سے کے لیے ایک کمرہ بھی تھا اور بڑے تین کمروں کے سیٹ بھی۔ ایسے ہی ایک سیٹ میں نیلم رہتی تھی۔ اسی لیے شاہ نے سوچا کہ یار دوستوں کا دل رکھنے کے لیے ایک دن نیلم والے سیٹ میں ایک رات کی محفل کا اہتمام کر دیں گے۔

" یہ تو چوبارے پر جانے والی بات ہوئی۔" ایک دوست نے اعتراض کیا تو سب بول پڑے۔

" نہیں شاہ جی۔ وہ تو صرف آپ کا ہی حق بنتا ہے۔ پہلے کبھی اتنے برس تک ہم نے کچھ نہیں کہا۔ اس جگہ کا نام بھی نہیں لیا۔ وہ جگہ تو آپ کی امانت ہے۔ ہم نے بھتیجے کے بیاہ کی خوشی کرنی ہے۔ اُسے خاندانی گھروں کی طرح اپنے گھر میں بُلاؤ۔ ہماری بھابی کے گھر۔

بات شاہ جی کی بھی من مرضی کی تھی۔ اس لیے بھی کہ وہ دوست احباب کو نیلم کے گھر کا راستہ نہیں دکھانا چاہتے تھے۔ بیشک اس کے کانوں میں بھنک پڑتی رہتی تھی کہ اس کی غیر حاضری میں اب کوئی کوئی امیرزادہ نیلم کے پاس آنے لگا تھا اور دوسرے اس وجہ سے بھی کہ وہ چاہتا تھا کہ نیلم ایک بار اُس کے گھر آ کر اس کے گھر کی ترک بھڑک دیکھ جائے۔ لیکن وہ شاہنی سے ڈرتا تھا۔ اس

لیے دوستوں سے حامی نہ بھر سکا۔

دوستوں یاروں میں سے ہی دو نے راستہ نکالا اور شاہنی کے پاس جاکر کہنے لگے "شاہنی! تم لڑکے کے بیاہ میں عورتوں کو گانے پر نہیں بٹھاؤگی؟ ہم نے سب خوشیاں کرنی ہیں۔ شاہ نے صلاح بنائی ہے کہ ایک رات یاروں کی محفل نیلم کے گھر میں ہوجائے۔ بات تو ٹھیک ہے۔ لیکن ہزاروں کا خرچ ہوجائے گا۔ آخر گھر تو تیرا ہے۔ پہلے اس کنجری کو کم کھلا دیا ہے؟ تم سیانی بنو۔ اسے گانے بجانے کے لیے یہاں بلالو ایک دن۔ لڑکے کے بیاہ کی خوشی بھی ہوجائے گی اور روپیہ برباد ہونے سے بھی بچ جائے گا۔

شاہنی پہلے تو غصے میں بھر کر بولی۔ میں اس کنجری کو ماتھے نہیں لگاؤں گی۔" لیکن جب اُن لوگوں نے ٹھنڈے دل سے کہا۔ یہاں تو بھابی تیرا راج ہے۔ وہ باندھی بن کر آئے گی۔ حکم کی بندھی۔ تیرے بیٹے کی خوشی میں شریک ہونے کے لیے۔ بے عزتی تو اس کی ہے۔ تیری کاہے کی ہے؟ جیسے اور لوگ نچلے کمین لوگ آئیں گے ڈوم، مراثی، ویسی وہ۔"

بات شاہنی کے من کو بچ گئی۔ ویسے بھی کبھی سوتے جاگتے اُس کے دل میں خیال آیا کرتا تھا کہ ایک بار دیکھوں تو سہی وہ کیسی ہے؟ اُس نے کبھی دیکھا نہیں تھا۔ ہاں اُس کے بارے میں اندازے ضرور لگائے تھے۔ چاہے ڈر کر، یا سہم کر، یا پھر نفرت سے اور شہر میں نکلتے گزرتے اگر کسی کنجری کو تانگے میں بیٹھی دیکھتی تو نہ چاہتے ہوئے بھی وہ سوچتی۔ کیا پتہ یہ وہی ہو۔؟"

"چلو میں بھی ایک بار دیکھ لوں۔" وہ من میں پگھل سی گئی۔ جو اُس نے میرا بگاڑنا تھا وہ تو بگاڑ لیا، اب وہ اور کیا کرے گی۔ ایک بار "چندری" کو دیکھ تو لوں۔"

اور شاہنی نے حامی بھر دی۔ لیکن ایک شرط پر۔ یہاں نہ شراب اڑے گی نہ کباب۔ بھلے شریف گھروں میں جیسے گانے بجانے پر بیٹھتے ہیں۔ اُسی طرح گانے کے لیے بٹھاؤں گی۔ تم مرد لوگ بھی بیٹھ جانا۔ وہ آئے اور سیدھی طرح گا کے چلی جائے۔ میں وہی چار بتاشے جو گھوڑیاں گانے والی لڑکیوں بالیوں کو دوں گی، اُس کی جھولی میں بھی ڈال دوں گی۔"

" یہی تو بھابی ہم کہہ رہے ہیں۔ شاہ کے دوستوں نے اس کی بات کو پھول چڑھائے۔ تمہاری سیانپ سے ہی تو یہ گھر بنا ہوا ہے۔ نہیں تو پتہ نہیں کیا قیامت ڈھے جاتی۔"

وہ آئی ۔ شاہینی نے خود اپنی نگھی بھیجی تھی ۔ گھر شادی میں آنے والے مہمانوں سے بھرا ہوا تھا ۔ بڑے کمرے میں سفید چادریں بچھا کر بیچ میں ڈھولکی رکھی ہوئی تھی ۔ گھر کی عورتوں نے گھوڑیاں گانی شروع کر دی تھیں ....

نگھی دروازے پر آکر کھڑی ہوئی تو مہمان عورتوں میں جن کو اسے دیکھنے کی جلدی تھی بھاگ کر کھڑکی کے پاس گئیں اور کچھ سیڑھیوں کی طرف ....

" نی بدشگنی کیوں کرتی ہو ۔ گھوڑی کا گیت بیچ میں ہی چھوڑ دیا ہے ۔" شاہینی نے ذرا غصیلی آواز میں کہا ۔ لیکن اسے خود ہی اپنی آواز کچھ ڈھیلی سی لگی ۔ جیسے اس کے دل میں کوئی چوٹ سی پڑی ہو ....

وہ سیڑھیاں چڑھ کر دروازے تک آگئی تھی ۔ شاہینی نے گلابی ساڑھی کے پلّے کو ٹھیک کیا ۔ جیسے سامنے دیکھنے کے لیے وہ گلابی رنگ کی شگنوں والی ساڑھی کی آڑ لے رہی ہو ۔" سامنے سے اس نے ہرے رنگ کا لہردار غرارہ پہنا ہوا تھا ۔ گلے میں سوہے لال رنگ کی قمیص تھی ۔ اور سر سے پاؤں تک ڈھلکتی ہرے رنگ کی چونری ۔ ایک جھلمل سی ہوئی ۔ شاہینی کو ایک پل کے لیے تو ایسے ہی لگا جیسے ہرا رنگ سارے دروازے میں بھر گیا ہو، بکھر گیا ہو ....

پھر کانچ کی چوڑیوں کی چھن چھن ہوئی ۔ تو شاہینی نے دیکھا ۔ ایک گورا گورا ہاتھ اٹھے ہوئے ماتھے سے چھو کر اسے سلام دعا سا کچھ کہہ رہا تھا اور ساتھ ہی ایک کھنکتی آواز ۔" بڑی مبارکاں شاہینی ... بہت مبارکاں ...."

وہ بڑی پتلی چھمک سی تھی ۔ شاہ بھی تھا، اس کے دوست بھی تھے ۔ رشتہ داروں میں سے کچھ مرد بھی تھے ۔ اس چھمک چھبیلی عورت نے اس کونے کی طرف دیکھتے ہوئے بھی ایک بار سلام کیا اور پھر دوسری طرف گاؤ تکیئے سے ٹیک لگائے ٹھمکتی ہوئی بیٹھ گئی ۔ بیٹھتے وقت اس کی کانچ کی چوڑیاں پھر کھنک اٹھیں ۔ شاہینی نے ایک بار پھر اس کے بازوؤں کی طرف دیکھا ۔ اس کی ہری کانچ کی چوڑیوں کی طرف بھی ۔ اور پھر وہ سہج سبھاؤ سے اپنے بازوؤں میں پڑے سونے کے چوڑے کی طرف دیکھنے لگی ....

کمرے میں ایک چکا چوند سی چھا گئی۔ ہر ایک کی نگاہیں صرف ایک طرف کو ہی جھک گئیں شاہنی کی آنکھیں بھی، لیکن صرف اپنی آنکھوں کو چھوڑ کر باقی سب کی آنکھوں پر اُسے غصہ سا آگیا۔ وہ ایک بار پھر کہنا چاہتی تھی ۔" نی بدشگنی کیوں کرتی ہو؟ گھوڑی کے گیت گاؤنا"لیکن اُس کی آواز اس کے گلے میں رُک گئی۔ کمرے میں ایک چُپ سی چھا گئی۔ وہ کمرے کے بیچو بیچ پڑی ڈھولکی کی طرف دیکھنے لگی۔ اور اُس کا دل کیا کہ وہ بڑے زور سے ڈھولک بجائے۔

خاموشی اُسی نے توڑی جس کی وجہ سے خاموشی چھائی تھی۔ کہنے لگی۔ میں تو سب سے پہلے گھوڑی گاؤں گی۔ لڑکے کا شگن کروں گی، کیوں شاہنی؟ اور شاہنی کی طرف دیکھتے اور ہنستے ہوئے گھوڑی کا گیت شروع کر دیا۔

چھوٹی چھوٹی بوندیں
بیٹا مینہ رے برسے
تیری ماں رے سہاگن
تیرے شگن کرے ۔۔۔۔۔

شاہنی کو اچانک کلیجے میں ٹھنڈ سی پڑ گئی۔ شاید اس لیے کہ گیت میں آنے والی "ماں" وہی ہے اور اُس کا مرد بھی صرف اُسی کا مرد ہے۔ تبھی تو ماں سہاگن ہے۔۔۔۔۔

شاہنی ہنستے ہوئے چہرے کے ساتھ ٹھیک اُس کے سامنے جا کر بیٹھ گئی۔ جو اس وقت گیت گاتی ہوئی اُس کے بیٹے کا شگن کر رہی تھی۔

گھوڑی کا گیت ختم ہوا تو کمرے میں بات چیت شروع ہو گئی۔ پھر جیسے یہ معمول سا ہو گیا۔ عورتوں کی طرف سے فرمائش آتی ۔" ڈھولک بجاتے ہوئے وہ جو اوپر سے پتھر سے ڈھولک پیٹی جاتی ہے، وہ والا گیت ۔" مردوں کی طرف سے فرمائش آئی۔" مرزے کی سد"

گانے والی نے مردوں کی طرف سے آنے والی فرمائش کو سُنی ان سُنی کر دیا۔ اور ڈھولک کو اپنی طرف کھینچ کر اُس نے ڈھولک سے اپنا گھٹنا جوڑ لیا۔ شاہنی کا جی خوش ہو گیا۔ شاید اس لیے کہ گانے والی مردوں کی فرمائش پوری کرنے کے بجائے عورتوں کی فرمائش پوری کرنے لگی تھی۔۔۔۔

مہمان آئی عورتوں میں سے شاید سب کو پتہ نہیں تھا۔ وہ ایک دوسری سے پوچھ رہی تھیں۔ اور دوسری ان کے کان کے نزدیک جاکر کہہ رہی تھیں ۔ یہ وہی ہے۔ شاہ کی کنجری۔" کہنے والیوں نے بیشک بہت آہستہ سے کہا تھا۔ کانا پھوسی سا۔ لیکن شاہنی کے کانوں میں آواز پڑ رہی تھی۔ کانوں پر چوٹ کر رہی تھی۔ شاہ کی کنجری۔ شاہ کی کنجری۔ اور شاہنی کے منہ کا رنگ پھر پیلا پڑ گیا۔

اتنے میں ڈھولک کی آواز پھر اونچی ہو گئی۔ اور ساتھ ہی گانے والی کی آواز بھی "سو ہے وے پگڑی والیا میں کہتی ہوں۔" اور شاہنی کے کلیجے کو پھر سہارا مل گیا۔" یہ سو ہے لال چہرے والا میرا ہی بیٹا ہے۔ سکھ سے گھوڑی پر چڑھنے والا میرا پتر۔۔۔"

فرمائش کہیں ختم ہونے پر نہیں آرہی تھیں۔ ایک گیت ختم ہوتا تو دوسرا شروع ہو جاتا۔ گانے والی کبھی عورتوں کی طرف فرمائش پوری کرتی، کبھی مردوں کی طرف کی۔ بیچ بیچ میں کہہ دیتی کوئی اور بھی گاؤ نا۔ مجھے سانس لینے دو لیکن کس کی ہمت تھی اُس کے سامنے گانے کی۔ اُس کی گھنٹی کی طرح کھنکتی آواز، میٹھی ہوک سی آواز۔ وہ بھی شاید یونہی کہنے کو کہہ رہی تھی۔ ویسے ایک کے بعد دوسرا گیت شروع کر دیتی تھی۔

گیتوں کی بات اور تھی، لیکن جب اُس نے مرزے کی سد کا الاپ کیا۔ "اُٹھ نی صاحباں سُتیے، اُٹھ کر دے دیدار۔۔۔" ہوا کا کلیجہ ہل گیا۔ کمرے میں بیٹھے ہوئے مرد بُت بن گئے۔ شاہنی کو پھر ایک گھبراہٹ سی ہوئی۔ اُس نے گہری نظر سے شاہ جی کی طرف دیکھا۔ شاہ بھی دوسرے مردوں کی طرح بُت بنا ہوا تھا۔ لیکن شاہنی کو لگا۔۔۔ وہ پتھر کا ہو گیا ہے۔۔۔

شاہنی کے کلیجے سے ایک ہوک سی اُٹھی اور اس نے محسوس کیا کہ اگر یہ پل بھی ہاتھ سے پھسل گیا تو وہ خود بھی ہمیشہ کے لیے بُت بن جائے گی۔ اسے کچھ کرنا چاہیے، کچھ کرنا چاہیے۔ وہ کچھ بھی کرے لیکن مٹی کا بُت نہ بنے۔۔۔۔

شام کافی ڈھل گئی۔ محفل ختم ہونے پر آئی۔

شاہنی نے کہا تھا کہ وہ آج اسی طرح صرف بتاشے بانٹے گی۔ جس طرح لوگ ایسے دن کو بانٹتے ہیں۔ جب عورتوں کو گانے پر بٹھایا جاتا ہے۔ لیکن جب گانے ختم ہوئے تو کمرے

میں چائے اور کئی قسم کی مٹھائی آگئی ۔ ۔ ۔ ۔ اور شاہنی نے مٹھی میں لپٹا ہوا سو کا نوٹ نکال کر اپنے بیٹے کے سر پر نچھاور کیا اور پھر اُسے تھما دیا جسے لوگ شاہ کی کنجری کہتے تھے۔

رہنے دو شاہنی ۔ پہلے بھی تمہارا ہی کھاتی ہوں ۔" اس نے جواب دیا اور ہنس پڑی۔ اُس کی ہنسی اُس کے حسن کی طرح جھلمل کر رہی تھی۔

شاہنی کے منہ کا رنگ ہلکا پڑ گیا۔ اُسے لگا جیسے شاہ کی کنجری نے آج بھری محفل میں شاہ کے ساتھ اپنا رشتہ جوڑ کر اُس کی بے عزتی کر دی ہو۔ شاہنی نے اپنے آپ پر قابو پایا اور بڑا سا حوصلہ پیدا کیا کہ آج وہ اس سے ہار نہیں مانے گی۔ اور وہ زور سے ہنس پڑی۔ نوٹ پکڑاتی ہوئی کہنے لگی ۔" شاہ سے تو تم ہمیشہ ہی لیتی ہو، لیکن مجھ سے تم پھر کب لوگی ؟ چلو۔ آج لے لو۔

اور شاہ کی کنجری سو کے نوٹ کو پکڑتی یک بارگی چھوٹی سی ہو گئی ۔ ۔ ۔ ۔

کمرے میں شاہنی کی ساڑھی کا شگنوں والا گلابی رنگ پھیل گیا ۔ ۔ ۔ ۔

سنتوکھ سنگھ دھیر کی کہانی "پنکھی" موجودہ حالات میں پرانے پنجاب کی پل پل مرتی ہوئی تہذیب کا مرثیہ ہے۔ اور اگر مرثیے کا ہی لب ولہجہ اپنایا جائے تو یہ کہا جا سکتا ہے کہ یہ ایک دلیر کہانی ہے۔ یہ شیر کہانی ہے۔ یہ کہانی دہشت پسندوں کی آنکھ میں آنکھیں ڈال کر بات کرتی ہے یہ کہانی مرتے ہوئے پنجاب کو بچالے کی کوشش میں اس کی ڈوبتی ہوئی نبض پر ہاتھ دھرتی ہے۔

یہ کہانی تو میں آپ کو نہیں سناؤں گا۔ کہانی تو آپ سنتوکھ سنگھ دھیر کی زبان سے ہی سنیئے۔ جن کی قلم نے یہ جادو جگایا ہے۔ میں تو آپ کو صرف یہ بتانا چاہتا ہوں کہ پنکھی کبھی پنجاب کی تہذیب کا حصہ تھی۔ لڑکیاں ترنجنوں میں بیٹھ کر یہ خوبصورت پنکھیاں بناتی تھیں۔ ان کو اپنی خواہشوں کے سلمے ستاروں سے آراستہ کرتی تھیں۔ تمناؤں کے گھنگھرو باندھتی تھیں۔ ان خوبصورت پنکھیوں کو لڑکیوں کے داج جہیز میں رکھا جاتا تھا۔ اور اب یہ پنکھیاں پنجاب کی زندگی سے غائب ہوتی جا رہی ہیں۔ اس تہذیب کا قدردان دو پنکھیوں کی قیمت دو لاکھ بتاتا ہے، لیکن ان کی قدر و قیمت کو نہ سمجھنے والے دہشت پسند انھیں مفت میں دینے کو تیار ہیں اور یہ دہشت پسند ہیں کون؟ دھرم کے نام پر لوگوں کو مار رہے ہیں۔ مگر دھرم کی بنیادی سچائیوں سے بے بہرہ ہیں۔ انھیں نہ اپنی منزل کا پتہ ہے اور نہ ہی ان میں اپنے راستے کا تعین کر پانے کی صلاحیت ہے۔

سنتوکھ سنگھ دھیر نے ان کے اس ذہنی دیوالیہ پن کو بڑی خوبی سے اجاگر کیا ہے۔ سنتوکھ سنگھ دھیر یہیں پر خاموش نہیں رہ جاتے۔ اگر انھوں نے دہشت پسندوں کو گمراہ اور راستے سے بھٹکے ہوئے نوجوان کہنے کی جسارت کی ہے تو پنجاب، مرکزی سرکار اور ان کی پیرا ملٹری ٹکڑیوں کے کھوکھلے پن کو بھی ننگا کیا ہے۔

یہ کہانی پڑھتے ہوئے قاری بچتر سنگھ کے کردار پر بھی گہری نظر رکھیں، جس کا دوغلہ پن دہشت پسندوں سے بھی زیادہ خطرناک معلوم ہوتا ہے۔

سنتوکھ سنگھ دھیر

پنکھی

وہ پانچ تھے کل ملا کر۔ اے۔ کے سینتالیس اسالٹ بندوقوں سے لیس۔ شام کے چار بجے تھے جب وہ قصبے سے ذرا سا دور، چودہریوں کے پولٹری فارم پر آئے۔ چودھری بہت بڑے آدمی تھے۔ اپنے علاقے میں وہ ساہوکار کے نام سے مشہور تھے۔ خاندانی ساہوکار۔ سو سال ہوئے جب ان کے بزرگ کسی بڑے شہر سے آکر اس قصبے میں آکر بس گئے تھے۔ آدمی بہت شریف تھے۔ آہستہ آہستہ سارا گاؤں ہی ان کا اپنا بن گیا۔ اثرورسوخ کی وجہ سے بھی اور زمین جائداد کی وجہ سے بھی۔ یہ امرتسر کا ضلع تھا۔ پاکستان کی سرحد یہاں سے تھوڑی دور ہی رہ جاتی ہے۔ سامنے لاہور تھا۔ ایک طرف قصور۔ ہندوستان تو سارا مشرق کی طرف رہ جاتا تھا۔

ستمبر شروع کے دن تھے۔ شام ساڑھے چار بجے بھی دھوپ کافی تیکھی تھی۔ اُمس بھی تھا آج کچھ۔ تھوڑی ہوا ہوتی تو دھوپ کی چبھن کچھ کم ہو جاتی۔

چودھریوں کا خاندان تو کافی بڑا تھا۔ لیکن آج کل پریوار کے مکھیے صرف دو بھائی ہی تھے۔ بڑے کا نام تھا سردول سنگھ اور چھوٹا تھا منموہن سنگھ۔ پھر ان کے بیٹے تھے، پوتے تھے۔ بڑا بھائی ستر برس کا تھا اور چھوٹا پچاس پچپن کا۔ بظاہر دیکھنے میں وہ بھائی ہی نہیں بلکہ باپ بیٹے بھی جان پڑتے تھے۔ بڑا بھائی تو ویسے ہی باپ جیسا ہوتا ہے۔ لیکن وہ تو جیسے تھا ہی باپ۔ ماں باپ بچپن میں ہی سورگباس ہو گئے تھے۔ چھوٹا منموہن تب تین یا چار برس کا تھا۔ بڑے بھائی نے بیٹوں کی

طرح منموہن کو پالا پوسا تھا۔ اُس نے منموہن کو پالا پوسا ہی نہیں تھا، بلکہ کبھی کسی بات کے لیے منع بھی نہیں کیا تھا۔ جتنا چاہے خرچ کرے، جو چاہے شوق پورے کرے۔ اور شوق اس کے کیا تھے۔ آئے گئے کی سیوا کرنا۔ وہ شاعر تھا پنجابی کا۔ تھوڑا بہت تصویریں وغیرہ بنانے کا بھی شوق تھا۔ اس لیے شاعر اور کلاکار ہی اُس کے پاس زیادہ آتے تھے۔ اس نے اپنے قصبے میں ساہتیہ سبھا بھی بنائی اور کلاکاروں کو اکٹھا کیا۔ کبھی کبھی وہ جلسے اور اجتماع بھی کرتا۔ سینکڑوں شاعر اور ادیب اُس کے پاس آتے اور اس کے گھر ٹھہرتے۔ گھر بھی بہت بڑا تھا۔ سیڑھیاں، چوبارے، بھول بھلیاں، کمرے، امرتسر میں ساہوکاروں کے ایسے گھر ہوتے تھے۔ پہلے والے امرتسر میں، آج کے امرتسر نے ایسے گھروں کو تج دیا ہے۔ ان کی جگہ اب شہر کے باہر کوٹھیاں بنانے کو زیادہ ترجیح دیتا ہے۔ اگر آج بھی کوئی امرتسر میں ایسے گھروں میں رہتا ہے تو وہ صرف اس لیے کہ یہ گھر ابھی قائم ہیں۔ اس لیے ان میں رہتا ہے۔ ان گھروں کے مٹ جانے پر ان میں کوئی نہیں رہے گا۔ اسی طرح آہستہ آہستہ شہروں کی شکل بدل جاتی ہے۔ لیکن پھر بھی پُرانا پن کہیں نہ کہیں قائم رہتا ہی ہے۔

جب بہت سے ادیب اس گھر میں آئے ہوئے ہوتے تو کئی بار ادھر اُدھر جاتے ہوئے وہ اس کی بھول بھلیوں میں بھٹک جاتے۔ کدھر سے آئے ہیں کدھر جا رہے ہیں۔ یہ ہم کدھر نکل آئے، ایسے موقعوں پر امرتسری طرز پر بنی یہ حویلی انہیں حیران کر دیتی۔ اتنی ہی حیران کرتی اس گھر کی خاطر داری۔

پانچوں میں سے دو بندوق دھاری پولٹری فارم کے باہر گیٹ پر کھڑے ہو گئے، اور تین اندر چلے گئے۔ گیٹ کے سامنے ٹرک تھی جس پر لوگ ہمیشہ آتے جاتے رہتے تھے۔ سو گز کے فاصلے پر سی، آر، پی، ایف کی چوکی تھی۔ لیکن یہ مصروف ٹرک اور سی۔ آر۔ پی۔ ایف کی چوکی ان کے لیے جیسے تھی ہی نہیں۔ حکومت یہاں کہنے کو تو پنجاب یا بھارت سرکار کی تھی۔ لیکن راج دراصل ان گمراہ اور بے مہار نوجوانوں کا تھا جو اے کے سینتالیس ہاتھوں میں پکڑے لُوٹ مار کرتے اور بے گناہوں کے خون سے دھرتی کو لال رنگ سے رنگتے پھرتے تھے۔ عام چلتی ہوئی ٹرکیں اور سی آر پی ایف کی چوکیاں اِن کے سامنے بے بس تھیں۔ "ہم کالی گائے ہیں تمہاری۔ ہمیں کچھ نہ کہنا۔ جدھر مرضی گھومو پھرو۔ ساری دھرتی تمہاری ہے۔ تم مالک ہو۔ ہم نوکر۔"

چوہدریوں کا آدھا پریوار فارم پر ہی رہا کرتا تھا۔ سردول سنگھ کا بیٹا اور بہو پوتا اور دوسرے بچے۔ فارم کے اندر کوٹھی بنی ہوئی تھی۔ اُس میں اوپر بھی رہائش تھی۔ دو منزل کوٹھی تھی۔ ریڈیو، ٹیلی ویژن، صوفے فرج وغیرہ سب کچھ موجود تھا۔ ٹیلیفون بھی لگا تھا۔ گھر پر بھی ٹیلیفون تھا اور فارم پر بھی، پیسے والے تھے۔ اس لیے قصبے میں اچھی شہر جیسی زندگی بسر کر رہے تھے۔ چنڈی گڑھ نئی طرز کا بڑا ہی خوبصورت شہر ہے۔ ان کے لیے یہی چنڈی گڑھ تھا۔

اے کے سینتالیس لیے ہوئے جب تین نوجوان اندر آتے ہوئے دکھائی دیئے تو پولٹری فارم والے سارے سہم سے گئے۔ یہ تو اچھے آثار نہیں ہیں۔ سردول سنگھ کا پندرہ سولہ سال کا پوتا جو بڑا ہی خوبصورت ہے۔ اُن کو دیکھتے ہی فوراً چھت پر چلا گیا۔ اور ساتھ ہی اُس کی ماں بھی پیچھے پیچھے بھاگتی ہوئی گئی۔ اُنھیں ہوش نہیں تھی کہ کب وہ سیڑھیاں چڑھے اور کب اُنھوں نے چوبارے میں پہنچ کر اندر سے کنڈی لگالی۔ یہ سب کچھ بجلی کی سی تیزی سے ہو گیا تھا۔

کنڈی اُنھوں نے ابھی جالی والے دروازے کی ہی لگائی تھی۔ دوسرا لکڑی کا دروازہ ابھی وہ بند کرنا ہی چاہتے تھے کہ تین میں سے دو بندوق دھاری ان کے پیچھے پیچھے اوپر آگئے اور جالی والا دروازہ کھینچ کر اُس کی کنڈی توڑ دی۔ کنڈی کی بھلا کیا مجال تھی کہ اُن لوگوں کے سامنے نہ ٹوٹتی جن کے سامنے ساری سرکار ہی ٹوٹی پڑی تھی۔ چاہے وہ پنجاب کی تھی چاہے بھارت ورش کی۔ یہ کنڈی تو ان کے ضرورت سے زیادہ بڑھے ہوئے حوصلوں نے توڑی تھی۔ نہیں تو کسی کی کنڈیاں کہیں ایسے ٹوٹ سکتی ہیں۔

ماں اپنے بیٹے کو اپنی باہوں میں سمیٹے اپنے سینے سے لگائے کھڑی تھی۔ اس وقت وہ اُس معصوم بھیڑ کی طرح لگ رہی تھی جس کا ننھا معصوم چھیلا بھیڑیوں میں گھِر گیا ہو۔ اگر وہ گولیاں ماریں گے تو اپنے بیٹے سے پہلے وہ گولیاں کھائے گی لیکن وہ گولیاں مارنے کے لیے نہیں بلکہ اُس کے بیٹے کو اغوا کرنے کے لیے آئے تھے۔ ساہوکاروں کا لڑکا تھا۔ خوبصورت اور الھڑ عمر، ان کے لیے وہ سونے کا انڈا دینے والی مُرغی تھی۔ اس وقت وہ اس مُرغی کو ہی حاصل کرنے کے لیے آئے تھے۔ گولیاں تو بعد کی بات تھی۔ اگر وہ مُرغی انڈا دینے سے انکار کرے تب۔

" لڑکا ہمارے حوالے کر۔"

" نہیں۔ میں لڑکا نہیں دوں گی۔ چاہے مجھے مار ڈالو۔"

" اگر ہم ماریں گے تو پہلے اسے ماریں گے اور تیرے سامنے ماریں گے۔ اور پھر تجھے ماریں گے۔ اس لیے اگر تم خیر چاہتی ہو اسے ہمارے ساتھ بھیج دے۔ ہم اسی کے لیے آئے ہیں۔"

" نہیں، میں اسے نہیں دوں گی۔"

" تیری ایسی کی تیسی۔ حرامزادی۔ کتیا۔" اور انھوں نے اس کے بازوؤں سے لڑکے کو چھین کر اپنی طرف کر لیا اور پھر ان میں سے ایک بولا۔

" میری طرف دیکھ۔ پہچانتی ہے مجھے؟ اگر نہیں تو اب پہچان لو۔ میرا نام دھرم سنگھ ہے۔ اس کا نام صاحب سنگھ۔ ہم اسے لیے جا رہے ہیں۔ نو بجے رات کو، شمال کی طرف جو پُلیا ہے۔ وہاں پر کوئی آکر ملے اور ہم سے بات کرے۔ پھر ہم چھوڑیں گے اسے، نہیں تو مار دیں گے، تب تک ہم اسے کچھ نہیں کہیں گے۔ اس سلسلے میں بے فکر رہنا۔"

اور وہ لڑکے کو ساتھ لے کر چلے گئے۔

فارم میں چھ نوکر تھے۔ لیکن چھ کے چھ کو ایک بندوق دھاری نے ایک طرح سے باندھ رکھا تھا۔ اے۔ کے سینتالیس کے سامنے سب کی بولتی بند ہو گئی تھی۔

بیس بائیس کی عمروں کے تھے وہ سب، بلکہ اس سے کم بھی تھے۔ دھرم سنگھ بیس اکیس کے بیچ کا ہو گا اور صاحب سنگھ مشکل سے اٹھارہ برس کا ہی لگ رہا تھا۔

" ان کے اصل نام اور تھے۔ یہ نام تو انھوں نے امرت پان کرنے کے بعد رکھے تھے۔ دھرم سنگھ، صاحب سنگھ ۔۔ یہ گورو گوبند سنگھ کے پانچ پیاروں والے نام ہیں دھرم سنگھ، صاحب سنگھ، محکم سنگھ، دیا سنگھ اور ہمت سنگھ۔ ان ناموں میں سے دیا سنگھ کا نام وہ نہ رکھنا چاہتے ہوں۔ باقی سارے نام ان پر مناسب لگتے تھے۔

ڈری اور گھبرائی ہوئی سردول سنگھ کی بہو نے اپنے گھر فون کیا اور ان سب کو فوراً پولٹری فارم آنے کے لیے کہا۔ فارم اور گھر میں مشکل سے دو فرلانگ بھر کا ہی فاصلہ تھا۔

آٹھ دس منٹوں میں ہی سارے وہاں پہنچ گئے۔ منموہن سنگھ، سردول سنگھ دونوں کی بیویاں اور سارا پریوار۔ اب وہ رات کو نو بجے پُلیا پر پہنچنے کے لیے صلاح مشورہ کر رہے تھے۔ کون جائے کیسے جائے۔ کس کو ساتھ لے کر جائے؟ شیروں کے غار میں جانے والی بات تھی۔ جسے بھی جانا تھا اُس کے واپس آنے کی تو اُمید ہی کوئی نہیں تھی۔ سر پر کفن باندھ کر جانے والی بات تھی۔

ان کے ساتھ ہی بچیتر سنگھ نہنگ کا پولٹری فارم تھا معمولی سا کام تھا۔ بہت تھوڑے ہرڈ تھے۔ بچیتر نگ سنگھ نے جب چوہدریوں کے فارم پر کچھ ہلچل دیکھی تو جیسے کچھ ہوا دیکھ' پتہ کرنے کے لیے آ گیا۔

''کیوں بھائی 'کیا بات ہے۔؟''

منموہن اور سردول سنگھ نے اُسے ساری بات بتائی۔ پتہ تو اُسے سب تھا ہی۔ لیکن اُس نے ظاہر یہ کیا جیسے اسے ابھی ابھی ہی ساری بات کا پتہ چلا ہو۔'' اچھا۔ یوں ہوا؟ ''کنور پال کو لے گئے، بڑے حرامی ہیں سالے؟ سالوں نے سکھ پنتھ کو پوری طرح بدنام کر کے رکھ دیا ہے۔ ذرا بھی عزّت نہیں رہنے دی۔ انھوں نے ہمیں کہیں مُنہ دکھانے کے لائق نہیں رکھا۔ پہلے سالے ہندوؤں کو ہی لوٹتے اور مارتے تھے۔ اب حرامی سکھوں کو بھی لوٹنے مارنے لگ گئے ہیں۔ ان کا بھلا کہاں ہو گا؟

بچیتر سنگھ نہنگ پہلے پوست کے ڈوڈے اور افیم کی اسمگلنگ کیا کرتا تھا۔ اب اس نے نہنگوں والا لباس پہن لیا تھا۔ یہ چولا گورو گوبند سنگھ کی بخشش سے ملا ہے۔ اس پوتر چوغے میں سب کچھ چھپ جاتا ہے۔

بچیتر سنگھ نے ان دنوں ایک اور کام شروع کر دیا تھا۔ اب وہ دہشت پسندوں کے پاس کھاتے پیتے لوگوں کی مخبری کیا کرتا تھا۔ کون کتنے پیسے دے سکتا ہے اور کس کے کس بیٹے کو کب اغوا کیا جا سکتا ہے۔ جو رقم ہاتھ لگتی تھی۔ اُس میں بچیتر سنگھ کا بھی کچھ حصّہ ہوا کرتا تھا۔ نوٹوں کی ایک گڈّی کھُلے دل سے اُس کی طرف پھینکی جاتی۔ لے بھئی بچیتر سنگھ اپنا کمیشن لے۔ بچیتر سنگھ کی مالی حالت کافی اچھی ہو رہی تھی۔

بچیتر سنگھ نہنگ صرف مُخبری ہی نہیں کرتا تھا بلکہ بعد میں بیچ بچولا بن کر سودا بھی کرواتا

تھا جس کا لڑکا اغوا ہوتا تھا، وہ اس حقیقت سے واقف ہوتا تھا کہ اس کی کیا حیثیت ہے جب کبھی کوئی اغوا ہوتا تھا اُسے پتہ لگ جاتا تھا۔ اُسی کے منصوبے کے مطابق ہی تو اغوا کیا جاتا تھا اور وہ ہمدردی کے لیے اُس کے پاس پہنچ جاتا تھا۔ لوگوں کو بھی اس موقع پر بچتر سنگھ کی سخت ضرورت محسوس ہوتی تھی۔ حالانکہ ان کو یہ بھی پتہ ہوتا تھا کہ اس میں بچتر سنگھ کا بھی ہاتھ ہے۔

پُلیا پر نو بجے منموہن سنگھ جانا چاہتا تھا۔ لیکن فیصلہ یہ ہوا کہ ابھی نہنگ ہی جائے گا۔ نہنگ نے ہی کہا تھا کہ ان کا جانا ٹھیک نہیں۔

پُلیا وہاں سے نزدیک ہی تھی۔ لگ بھگ ایک کلومیٹر۔ بچتر سنگھ پُلیا پر نو بجے پہنچ گیا تھا۔ لیکن نو بجے کا گیا وہ گیارہ بجے واپس لوٹا۔ اس کے پاس ایک چٹھی تھی جو لڑکا اغوا کرنے والوں نے اسے لکھ کر دی تھی۔ انھوں نے لڑکے کے عوض ایک لاکھ روپیہ مانگا تھا۔ ایک لاکھ دو اور لڑکا واپس لے جاؤ۔ کل دوپہر بارہ بجے اسی پُلیا پر آؤ، لڑکا صحیح سلامت ہے۔ اگر تم بتائے ہوئے وقت پر نہیں آؤ گے تو لڑکا نہیں ملے گا۔ اس کے بعد وہ لڑکے کو گولی مار دیں گے۔ چٹھی کے نیچے صرف "ببر خالصہ" لکھا ہوا تھا۔ نام نہیں تھا کسی کا۔

چٹھی پر لڑکے نے بھی تھوڑے سے لفظ لکھے تھے۔ "لاکھ روپیہ لے کر آؤ۔ تبھی یہ لوگ مجھے چھوڑیں گے نہیں تو مار دیں گے۔ ویسے میں بالکل ٹھیک ہوں۔ کہتے ہیں کہ تو بھی ماں باپ کو چٹھی لکھ!"

لڑکے کو انھوں نے ایک گاؤں کی بیٹھک میں رکھا تھا۔ جو پُلیا سے تھوڑی دوری پر تھی۔ بچتر سنگھ نہنگ پہلے پُلیا پر گیا تھا اور پھر وہاں سے بیٹھک پر۔ اسی لیے وہ نو بجے کا گیا گیارہ بجے لوٹا تھا۔ سودا طے کرنے میں کچھ دیر لگ گئی تھی۔ وہ تین لاکھ کہتے تھے۔ بچتر سنگھ نے کہا تھا کہ ایک لاکھ بہت ہے۔ اسے سب کا پتہ ہے کہ کس کی کیا حیثیت ہے اور کون کتنا دے سکتا ہے۔ تین لاکھ دینے والے بھی اس نے ان کو بتائے تھے اور تین لاکھ دلائے بھی تھے۔ لیکن یہ پردس کا معاملہ تھا۔ اس لیے وہ زیادہ سے زیادہ رعایت کروانی چاہتا تھا۔ یوں یہ ساہوکار تین لاکھ دے سکتے تھے لیکن وہ ایسا چاہتا نہیں تھا۔ کیوں کہ ان سے اس کا پرانا واسطہ تھا۔

اگلے دن ٹھیک وقت پر منموہن اور سردول سنگھ، بچتر سنگھ نہنگ کے ساتھ پُلیا کی طرف چل دیئے۔ منموہن سنگھ دلیر تھا۔ سردول سنگھ کمزور سا، من سے بھی اور جسم سے بھی۔ لیکن آدمی جب

موت اور زندگی کے درمیان لٹک رہا ہو اور زندگی کی نسبت موت زیادہ قریب ہو تو ایسے موقعوں پر اکثر دلیر بھی ہو جاتا ہے۔

منموہن اور سردول سنگھ نے یہ بات بھانپ لی تھی کہ اس سانحے میں نہنگ کا پورا ہاتھ ہے اور اس وقت وہ جھوٹ موٹ کا ہمدرد بنا ہوا ہے۔ اس لیے ان کے دل میں غصہ بھی تھا۔ اتنے تعلقات اور پھر پڑوسی اور اُن کے ساتھ یہ سلوک ؟ ایک گھر تو کہتے ہیں ڈائن بھی چھوڑ دیتی ہے۔ سردول سنگھ بچتر سنگھ کے ساتھ گِلا شکوہ کرتا جھگڑ سا پڑا اور وہ دونوں چلتے چلتے ایک جگہ رُک گئے۔ سردول سنگھ کہہ رہا تھا کہ تم سے اُن کے ساتھ ہی ایسا نہیں کرنا چاہیے تھا۔ نہنگ صفائی دے رہا تھا۔ اسی دوران منموہن سنگھ اُن سے آگے نکل کر پُلیا پر پہنچ گیا۔

پُلیا کے نزدیک ادھر اُدھر اُونچے اونچے سرکنڈے تھے۔ منموہن وہاں پہنچا تو فوراً ہی سرکنڈوں میں سے ایک نوجوان باہر آیا۔

"سنگھا۔ تم کون ہو ؟" نوجوان نے للکارا۔

"جس کا تم انتظار کر رہے ہو سنگھا۔" اس وقت منموہن تھوڑا سا مسکرا بھی رہا تھا۔

گھر سے چلتے وقت منموہن نے سردول سنگھ کو حوصلہ دیتے ہوئے کہا تھا۔ ویرجی۔ گھبرانا نہیں سمجھ لو کہ ہم وہاں لڑکا لینے نہیں گولیاں کھانے جا رہے ہیں۔ ہنس کر گولیاں کھائیں گے۔ کیوں کہ جہاں جا رہے ہیں اور جن کے پاس جا رہے ہیں اُنھیں گولیاں مارنے کے علاوہ اور کوئی بات آتی ہی نہیں نہ وہ بچے کو دیکھتے ہیں، نہ عورت کو نہ بوڑھے کو۔ اس وقت آپ ستّر سال کے ہو چکے ہیں۔ پچاس پچپن کا میں بھی ہوں، ہم نے اس سنسار کا کافی مزا لے لیا ہے۔ ہاں لڑکا بچ جائے۔ اُس نے ابھی اس سنسار کا کچھ نہیں دیکھا۔ لڑکے کو بچانا ہے۔ ہم چاہے مر ہی جائیں۔ سو۔۔۔ گھبرانا نہیں ہے۔ بالکل گھبرانا نہیں۔ بلکہ ہم انھیں چمکتی آنکھوں سے ملیں۔ جیسے ہم اُن سے نیچے نہیں، اونچے ہوں۔"

منموہن کا جواب سُن کر۔ "میں سنگھا وہی ہوں جس کا تمھیں انتظار ہے۔ اس لڑکے نے کہا۔ "آؤ ادھر کچے راستے کی طرف سے آجاؤ۔"

سڑک چھوڑ کر وہ تقریباً بیس قدم کچے راستے پر آگئے۔ وہ کچے راستے پر آئے ہی تھے کہ ایک اور نوجوان جھاڑیوں سے نکل کر باہر آگیا۔ اب وہ دو ہو گئے تھے۔ پہلا تقریباً بیس سال کا تھا اور دوسرا

اس سے چھوٹا تھا۔ اس کی عمر مشکل سے اٹھارہ سال کے قریب ہوگی۔

پہلے نوجوان نے منموہن کی طرف اشارہ کر کے دوسرے نوجوان سے کہا۔ "تم اسے پہچانتے ہو؟"

اس نے کہا۔ "نہیں۔"

منموہن ہنستے ہوئے بولا۔ "تم تو مجھے نہیں پہچانتے۔ میں تمہیں پہچانتا ہوں۔" وہ پہچانتا نہیں تھا ایسے ہی کہہ دیا تھا۔ یوں ہی مذاق میں۔ اس کے اس طرح کہنے میں ایک طنز بھی تھا جو نہیں سمجھ نہیں آیا تھا۔ طنز کے بھیدوں کا رشتہ نازک دلوں سے ہوتا ہے۔ موٹی عقل کے لوگوں کو طنز چھو نہیں پاتے۔ اس کے بعد منموہن نے کہا تھا۔ "تم ہمارے ہی لڑکے بابے ہو۔ کہیں باہر سے نہیں آئے۔"

نیچے منڈیر پرا ے۔ کے سینتالیس ایک طرف زمین پر ہی پڑی تھی۔ انھوں نے وہ بندوق اٹھائی اور کندھے پر رکھ لی۔ "آؤ ہم ایک طرف باغ میں چل کر بیٹھیں سائے میں۔ وہیں بات کریں گے۔"

ساتھ ہی ناشپاتیوں کا باغ تھا۔ ناشپاتی کے ایک پودے کے نیچے وہ تینوں بیٹھ گئے۔ ان سے تھوڑی ہی دور باغ میں، باغ کے مزدور کام کر رہے تھے۔ وہ ایسے ہی چپ چاپ اپنا کام کرتے رہے۔ جیسے ان کو اس سلسلے میں کچھ بھی پتہ نہیں۔ وہ جانتے تھے کہ اس قسم کی باتیں یہاں روز ہی ہوتی رہتی ہیں۔ نیا تو کچھ تھا نہیں۔

ان میں سے ایک لڑکا بات شروع کرنے لگا۔ منموہن سنگھ بولا۔ "میرے ساتھ دو آدمی اور بھی پیچھے آرہے ہیں۔ ان کو آلینے دو۔"

"کون کون ہیں؟"

" ایک تو آپ کا ہی جتھیدار ہے بچتر سنگھ نہنگ، دوسرا میرا بھائی ہے بڑا۔"

" پہلے کیوں نہیں بتایا؟"

" چلو اب بتا دیا۔ وہ کافی پیچھے آرہے تھے۔"

" اچھا۔ بلا لو۔ ان کو۔"

وہ ٹیلے پر آ پہنچے تھے۔ منموہن نے باغ سے باہر آکر ان کو اشارہ کیا۔ وہ بھی باغ میں پہنچ گئے۔ پتہ چلا کہ ان میں سے بڑے کا نام دھرم سنگھ تھا۔ چھوٹے کا صاحب سنگھ۔

دھرم سنگھ بولا۔ "آپ کے پاس پیسے بہت ہیں۔ ہمیں پیسوں کی ضرورت ہے۔ لڑکا آپ کا بالکل ٹھیک ٹھاک ہے۔ ابھی تک بال بھی بیکا نہیں کیا۔ دیکھنا چاہو تو دیکھ لو۔"

"تم لوگ دھرم کو ماننے والے آدمی ہو۔" منموہن سنگھ نے کہا۔ جو کہہ رہے ہو۔ وہ ٹھیک ہے۔ تم جھوٹ نہیں بولتے۔ لڑکا ٹھیک ہی ہوگا۔ جو بات کرنی ہے۔ اب وہ بات کرو ہمارے ساتھ۔"

"وہ بات رات کے وقت ہم نے آپ کو بتا ہی دی تھی۔ ایک لاکھ روپے دو۔"

"سنگھ صاحب۔ یہ ہماری حیثیت سے بہت زیادہ ہے۔" بات منموہن ہی کر رہا تھا۔

"اگر کم کرنے کو کہو گے تو ہم دس ہزار اور بڑھا دیں گے۔ جتنی بار کہو گے۔ اتنی بار دس ہزار بڑھتے جائیں گے۔"

بچتر سنگھ بولا۔ "سنگھو۔ یہ میرے پڑوسی ہیں۔ آپ نے اور لوگوں سے اتنے پیسے وصول کیے ہیں میں نے دخل نہیں دیا ہے۔ انھیں اتنی چوٹ نہ مارو۔"

"اگر ان سے اتنی ہمدردی ہے تو ان کی جگہ تو دے دے۔"

"کیوں میں کیوں دے دوں۔ میرے پاس خزانے رکھے ہوئے ہیں۔"

"پھر تم بولتے کیوں ہو بیچ میں۔ ان سے کہہ چُپ کر کے لاکھ روپے رکھ دیں۔"

بچتر سنگھ کو کچھ غصہ سا آ گیا۔

"شرم کرو۔ اوے شرم کرو۔ سارا قصبہ لوٹ لیا۔ مجھے تو یہیں پر رہنا ہے۔" مجھے یہاں رہنے لائق چھوڑو گے یا نہیں۔"

"جتھیدار، زبان بند رکھ، بھونکے جا رہا ہے فالتو سا۔ انھوں نے تو ہمارے ہاتھ سے مرنا ہی ہے کہیں تم بھی نہ مر جانا۔"

حالت بہت نازک تھی، بیشک جتھیدار ان کا اپنا ہی آدمی تھا لیکن ان کا اپنا کون تھا۔ ان کا تو اپنا آپ بھی اپنا نہیں رہا تھا۔ وہ ہر کسی کے دشمن تھے، اور اپنے آپ کے بھی۔

بڑے ہی تحمل سے منموہن سنگھ بولا۔ "دیکھو سنگھ صاحب! ہم تین لوگ آپ کے بلانے پر یہاں آئے ہیں۔ ہماری بھی کوئی تہذیب ہے۔ گوروؤں نے بھی ہمیں ایک تہذیب بخشی ہے شائستگی اور مٹھاس، رحم اور معاف کرنے کا جذبہ اور صبر سنتوش۔ پریم اور پیار کے تو انھوں نے بڑے گن گائے

ہیں۔ کیا ہماری تہذیب میں گھر آئے آدمی سے ایسے بولا جاتا ہے؟ نہیں۔ گھر آئے آدمی کی تو بڑی عزت کی جاتی ہے۔ بہتر یہ ہے کہ ہم کوئی کام کی بات کریں اور بات کو آگے چلائیں۔ ایسی کڑوی کسیلی باتیں کیوں کریں؟

"ہم نے جو کہنا تھا کہہ دیا۔ تم پیسے لے کے آؤ۔ ہم کل آپ کا لڑکا واپس دے دیں گے۔"

"یہ مجھے منظور نہیں۔" منموہن سنگھ دلیری سے بے خوف ہو کر بولا "میں بیوپاری آدمی ہوں۔ جب ہم نقد سودا کر رہے ہیں تو پھر آج اور کل کے کیا معنی؟ ایک ہاتھ سے پیسے لو، ایک ہاتھ سے لڑکا دو۔ میں نے تمہیں کچھ پیسے کم کرنے کے لیے کہا۔ تم گرم ہو گئے۔ دیکھو۔ اس وقت ہم دونوں ہی بیوپاری ہیں۔ تمہیں لاکھ چاہئیں۔ ہمیں ہمارا لڑکا۔ سودے بازی تو ہو گئی ہی۔ اس لیے تم لوگ بات کرو۔ بڑے ہی ٹھنڈے دل سے۔"

ان میں سے چھوٹی عمر کا صاحب سنگھ بولا "ٹھیک اے یار۔ ٹھیک ہے۔ بات کو ختم کرو۔"

"ایک لاکھ روپیہ ضروری نہیں کہ ہر وقت اپنے پاس تیار ہی رکھا ہو۔ چاہے کوئی کتنا ہی امیر ہو۔" منموہن سنگھ کہہ رہا تھا۔ "پچاس ہزار ابھی پندرہ منٹ میں آ جائے گا باقی ہم دو دن ٹھہر کے دے دیں گے۔"

"دو دن۔ ٹھیک ہے۔ لڑکا تبھی لے لینا۔"

"نہیں یار۔ گھر میں تو کسی نے کچھ کھایا ہے نہ پیا ہے، کل شام سے۔"

"ہمیں کیسے پتہ لگے گا کہ باقی تم دے بھی دو گے۔ ضمانتی کون ہوگا؟"

"ضمانتی۔ تمہارا یہ جتھیدار بچتر سنگھ بیٹھا ہے۔"

"کیوں جتھیدارا لیتے ہو ذمّہ داری؟"

"ہاں جی۔ میں ذِمّے دار ہاں۔ باقی رقم آپ کو دو دن میں دے دی جائے گی۔ کل، پرسوں، چوتھ کو مل جائے گی۔"

منموہن سنگھ ایک لاکھ آج بھی دے سکتا تھا۔ لیکن وہ جان بوجھ کر رقم توڑ کر دینا چاہتا تھا کہ یہ احساس ہو کہ ان کے پاس زیادہ پیسے نہیں ہیں۔ اُن کا کیا جاتا ہے؟ کل کو اور پیسے

مانگ لیں۔"

اچھا پھر۔ سائیکل لو اور پچاس ہزار لے کے آؤ۔ ہم لڑکا لے کے آنتے ہیں۔"

دس بیس منٹوں میں ہی وہ دس دس ہزار کی پانچ گڈیاں لے کر باغ میں واپس آ گئے۔ باغ میں بہتی ہوئی پانی کی نالی کے اوپر چارپائی بچھا کر بیٹھے تھے وہ۔ دھرم سنگھ اور صاحب سنگھ۔ اے۔ کے سینتالیس پاس ہی چارپائی پر رکھی تھی۔ منموہن سنگھ نے پانچوں گڈیاں چارپائی پر رکھتے ہوئے کہا۔ " دیکھو سردار دھرم سنگھ پچاس ہزار روپیہ تمہاری چارپائی پر پڑا ہے۔ لیکن اسے ہاتھ تم تب لگانا جب تم ہمارا لڑکا میرے ہاتھ میں دے دو۔ تم بھی پکّے دھرمی سنگھ ہو۔ میں بھی دھرمی سنگھ ہوں۔ ہمارا ایک ہی دھرم ہے۔ ایک ہی اپنا گورو۔ اس لیے ہمارا برتاؤ صحیح رہے اور اپنی بات پر پکّے رہیں۔

بات بڑی معمولی تھی۔ بڑا چھوٹے سے بولا۔ دھرم سنگھ۔ صاحب سنگھ سے۔" جا اوے تو سائیکل لے جا اور ابھی لڑکے کو لے آ۔ جلدی آنا۔ بھاگ کے۔"

صاحب سنگھ چلا گیا۔

یہاں سے تھوڑی دوری پر آموں کا ایک باغ تھا۔ اس طرح وہاں بھی کچھ آدمی آئے بیٹھے تھے جن کے لڑکے کا اغوا انھوں نے پیسے کے لیے کیا تھا۔ وہ بھی انتظار کر رہے تھے۔ دھرم سنگھ نے اس کے ساتھ ہی بچتّر سنگھ کو حکم دیا۔" جتھیدار تو آموں کے باغ کی طرف جا اور جو آدمی وہاں بیٹھے ہیں۔ اُن سے کہہ کہ وہ ابھی رُکیں۔ ان کو بھی بُلاتے ہیں۔ پہلے ان کا بھگتان کر لیں۔ چلا نہ جائے کوئی وہاں سے۔ نہیں تو ہمیں کوئی اور ہنگامہ کرنا پڑے گا۔ جا کے ان کو روک۔

جتھیدار چلا گیا۔

منموہن سنگھ، دھرم سنگھ کے ساتھ چارپائی پر بیٹھا تھا۔ سردول سنگھ اُن سے ذرا ہٹ کر زمین پر ہی بیٹھا تھا۔ پچاس ہزار روپیہ اور اے کے سینتالیس ننگی چارپائی پر ان کے بیچ رکھے تھے۔ بچتّر سنگھ اور صاحب سنگھ دونوں وہاں سے جا چکے تھے۔ اب یہ دو بھائی تھے اور دھرم سنگھ اکیلا تھا۔ یہی وجہ تھی کہ دھرم سنگھ سردول سنگھ کی طرف اشارہ کرتا ہوا بولا۔

" یہ بوڑھا کیوں بیٹھا ہے یہاں؟ پیسے تم نے دینے ہیں اور لڑکا تم نے لینا ہے۔ اس کا یہاں کیا کام ہے؟ چلتا کر اس کنجر کو۔ چل اوے بوڑھے۔ دفع ہو۔ کیسے چوڑا ہو کر بیٹھا ہے۔ جیسے

پاٹھ سُن رہا ہو۔ چل یہاں سے۔ دوڑ جا۔"

سردول سنگھ اُٹھا اور باغ سے باہر چلا گیا۔ منموہن نے بھی کہا تھا کہ اس کی کوئی ضرورت نہیں۔ آپ چلو بھائی صاحب۔"

اب یہاں باغ میں صرف منموہن سنگھ اور دھرم سنگھ ہی رہ گئے تھے۔ بڑی ہی نرمی سے منموہن سنگھ بولا۔

" دھرم سنگھ! اب یہاں ہم دونوں ہی ہیں۔ تیسرا آدمی کوئی نہیں۔ اس لیے میں تیرے ساتھ ایک بات کرنی چاہتا ہوں۔ تم لوگ دھرم کے سچے پیروکار ہو۔ آپ ان پیسوں کو کسی ٹھیک کام میں لگانا۔"

" تم کیا سمجھتے ہو ہم ان پیسوں کا استعمال غلط کام کے لیے کر رہے ہیں؟"

" یہی کہنا چاہتا ہوں میں۔ تم لوگ جس راہ پر آگے بڑھ رہے ہو۔ اُس کے بارے میں کچھ پتہ بھی ہے، وہ کس طرف جاتا ہے؟"

دھرم سنگھ غُرّا کر بولا۔ " تو ہمیں مُورکھ سمجھتا ہے؟"

نہیں۔ میں تم لوگوں کو مُورکھ بالکل نہیں سمجھتا۔ نہ ہی میں نے آپ کے بارے میں یہ لفظ استعمال کیا ہے۔ مطلب میرا یہ ہے کہ چاہے کوئی بھی لہر ہو۔ وہ عوام سے جڑے بغیر زندہ نہیں رہ پاتی اور لوگوں سے وہ جڑتی ہے لوگوں کے ساتھ بھلائی کرنے سے۔ تم جو کر رہے ہو۔ کیا اس میں لوگوں کی بھلائی ہے؟ غصہ نہیں کرنا۔ ٹھنڈے دل سے سوچنا۔ تم لوگوں کے بچے اغوا کر کے ان سے پیسے لیتے ہو۔ کیا وہ تمہارے ساتھ جڑیں گے؟ آپ لوگوں کو کامیابی کیسے حاصل ہوگی؟ پہلے تم ہندوؤں سے ہی یہ سلوک کر رہے تھے۔ اب آپ لوگوں نے سکھوں سے بھی وہی شروع کر دیا ہے۔ آپ لوگ سکھ ہیں، میں بھی سکھ، لیکن جو نفرت آپ نے اپنے لیے میرے دل میں بھر دی ہے، کیا وہ میرے دل سے کبھی ختم ہو سکے گی؟ تم لوگ اپنے دوست نہیں، اپنے دُشمن پیدا کر رہے ہو۔ وہ بچّہ جسے آپ نے بندوق کی نوک پر اغوا کیا ہے۔ سکھ دھرم کے نام پر، کیا وہ ساری عمر کبھی سکھ دھرم کو اچھا سمجھے گا۔ گوردو بانی تم بھی پڑھتے ہو، میں بھی پڑھتا ہوں۔ گورو گرنتھ میں مجھے کوئی ایک بھی ایسی سطر بتا دو جو بے گناہوں کا قتل کرنے کے لیے اُکساتی ہو۔ سکھ دھرم تو

کمزوروں اور دکھیوں کی حفاظت کرتا ہے۔ رحم کی تعلیم دیتا ہے۔ جو لوگ تمہارے سامنے منتیں کرتے ہیں تم لوگ انھیں بھی نہیں بخشتے۔ یہ سکھ دھرم کا حکم نہیں۔ دھرم سنگھ میرے پاس سکھ دھرم کے تعلق سے اچھی اچھی کتابیں ہیں۔ اگر تم چاہو تو میں تمہیں وہ کتابیں پڑھنے کے لیے دے سکتا ہوں۔ سکھ کے بارے میں کہا گیا ہے۔" خالصہ کا من نیچا۔ عقل اونچی"۔ وہ کتابیں پڑھو تو آپ کا من نیچا اور عقل اونچی ہو جائے گی۔" غصہ نہیں کرنا۔ اس وقت تم اس اصول کے بالکل اُلٹ جا رہے ہو۔ خیر۔ میں کہنا نہیں چاہتا۔ چلو کہہ ہی دیتا ہوں۔ کیونکہ ہم دوست ہیں اس وقت۔ اب کوئی جھگڑا نہیں رہا۔ آپ کو لاکھ روپیہ مل جانا ہے اور ہمیں ہمارا لڑکا۔ کہنا یہ چاہتا ہوں کہ اب آپ کا من اونچا اور عقل نیچی ہو گئی ہے۔ دھرم سنگھ سوچو! اپنے آپ کا تجزیہ کرو۔ تم دھرم کو ماننے والے آدمی ہو

دھرم سنگھ کے پاس ان باتوں کا کوئی جواب نہیں تھا۔ وہ تھوڑا رُک کر بولا" ان باتوں کا جواب آپ کو ہمارا پی۔ اے دے گا۔

منموہن سنگھ ہنسا۔ دھرم سنگھ اصل میں تم کہنا یہ چاہتے ہو کہ ان باتوں کا جواب ہمارا سینیر موسٹ دے گا۔ ہمارا بڑا نیتا۔ لیکن کہا تم نے پی۔ اے ہے۔ پی۔ اے تو میرے ویر۔ اپنے سے چھوٹا ہوتا ہے۔ اپنے ماتحت۔۔۔۔"

" چلو۔ ایسے ہی ہوگا۔" دھرم سنگھ نے آہستہ سے کہا۔

منموہن سنگھ نے تھوڑا سا بات کا رُخ بدلا۔ اور تھوڑی سی ہنسی اور طنز سے بولا۔

" دھرم سنگھ یارا۔ آپ پر تو پیسے برس رہے ہیں بارش کی طرح۔ آپ کو تو بھوک لگتی نہیں میں تو صبح کا آیا بھوکا پیاسا بیٹھا ہوں۔ اب دو بجنے لگے ہیں اور وہ بھی ناشپاتیوں کے باغ میں یار دو ناشپاتیاں تو لا۔ کچھ بھوک مٹائیں۔

" ناشپاتیاں؟"

" ہاں۔"

" لو ابھی آتی ہیں۔"

دھرم سنگھ اُٹھا اور ناشپاتیاں لینے کے لیے چلا گیا۔ اچھی اچھی ناشپاتیاں۔ پچاس ہزار

روپے کی گڈیاں اور ایسے کے سینتالیس پیچھے چارپائی پر ہی پڑی رہ گئیں۔ ان کے بارے میں اُس کے دل میں ذرا بھی فکر نہیں تھی۔ کون تھا جو ان کو وہاں ہاتھ بھی لگا سکتا تھا۔ جان کی سب کو ضرورت تھی۔

بہت بڑھیا ناشپاتیاں آئیں۔ کشمیر کے بگھو گوشوں کی مات کرتی ہوئی ناشپاتیاں، دونوں ناشپاتیاں کھانے لگے۔ ناشپاتیاں کھاتے کھاتے منموہن سنگھ نے بات کا رُخ پھر اسی طرف موڑ لیا۔ لاکھ روپیہ تو دینا ہی پڑا ہے۔ باتیں تو کر لیں دو۔

دھرم سنگھ! میں نے اپنی زندگی آدھے سے زیادہ جی لی ہے۔ ہمارے گھر میں بندوقیں بھی ہوتی ہیں۔ میرا نشانہ بھی کبھی غلط نہیں ہوا کبھی۔ سارا علاقہ اس بات کو جانتا ہے۔ اگر مجھے اپنے راستے اور منزل کے سلسلے میں کچھ سمجھا سکو کہ اس سے دیش اور قوم کا یہ بھلا ہے تو میں ابھی، اسی پل لڑکے کو گھر بھجوا کر آپ کے ساتھ مل جاؤں گا۔ اور آگے ہو کر لڑوں گا۔ مجھے کچھ سمجھاؤ تو سہی۔"

"تمہیں میرا امتحان لینا ہے؟"

"دیکھو دھرم، بُرا نہ منا۔ میں دلیل سے بات کر رہا ہوں، تم دلیل سے جواب دو۔"

"یہ باتیں چھوڑو، ان کا کوئی مطلب نہیں۔" دھرم سنگھ نے دوسری طرف آنکھیں پھیر لیں۔

صاحب سنگھ بیٹھک کی طرف سے خالی واپس آ گیا تھا۔ سردول سنگھ وہاں سے چل کر گھر نہیں گیا تھا۔ وہیں پُلیا پر بیٹھ گیا تھا۔ لڑکا اُس نے راستہ میں خود ہی لے لیا تھا۔ منموہن سنگھ کو یہ بات ٹھیک نہیں لگی۔ "یہ آپ نے ٹھیک نہیں کیا۔ پیسے میں دے رہا ہوں لڑکا مجھے ہی ملنا چاہیے تھا۔"

"یار۔ بوڑھے نے لے لیا۔ پُلیا پر بیٹھا تھا۔ کہنے لگا، مجھے ہی دے دو۔"

"جا۔ اس سے لے کے آ۔" دھرم سنگھ نے حکم دیا۔ "روک اس سور کو جا کر۔"

پُلیا پر اس وقت کوئی اسکوٹر آ گیا تھا اور قصبے کی طرف جا رہا تھا۔ سردول سنگھ اور لڑکا دونوں اس کے پیچھے بیٹھ گئے تھے۔ صاحب سنگھ نے بتایا کہ وہ دونوں وہاں سے جا چکے ہیں۔ وہ تو اب سکوٹر پر گھر بھی پہنچ گئے ہوں گے۔"

اغوا کیا ہوا لڑکا تو رہا کیا جا چکا تھا۔ منموہن سنگھ اے کے سینتالیس والوں کے پاس ہی تھا۔ کہیں وہ اب اسی کو نہ رکھ لیں اور لاکھ اور مانگ لیں۔ ان کا کیا جاتا ہے۔ یہی کہہ دینا ہے کہ ایک لاکھ اور دو، نہیں تو۔۔۔۔"

اس نے بڑے تحمل اور شائستگی سے کہا۔"اچھا پھر۔ دھرم سنگھ جی۔ مجھے اب اجازت ہے؟"

"ہاں۔ تم جاؤ۔ باقی رقم آجائے۔ کیے ہوئے وعدے کے مطابق۔

"ہر حالت میں آئے گی جی۔ ہے کسی میں طاقت جو آپ کی رقم روک لے۔"

"ایک بات اور سُن۔" دھرم سنگھ کہہ رہا تھا۔ افسر سارے واقف ہیں تیرے۔ پولیس والے بھی اور دوسرے افسر بھی۔ اگر کسی کو بتاؤ گے تو سمجھ لینا۔۔۔"

دھرم سنگھ۔ بات سُن۔ پولیس کو یا افسروں کو بتانے کی مجھے ضرورت نہیں، میں نہیں بتاؤں گا۔ لیکن میرے دوست مِتر ہیں۔ رشتے دار، بھائی بند، ان کو میں یہ سب کیسے نہیں بتاؤں گا۔ آپ لڑکا لے آئے بعد میں ہم نے سارے رشتہ داروں کو پیغام بھیجے۔ امرتسر، ترن تارن جہاں کہیں بھی وہ تھے۔ رات رات میں سب لوگ ہمارے پاس پہنچ گئے تھے۔ ساتھ روپے بھی لے کر آئے تھے۔ کہیں ہمارے پاس نہ ہوں۔ نہیں بھی ہوتے کئی بار۔ اب تو دھرم سنگھ خود ہی بتا۔ ان رشتہ داروں کو میں کون سی بات نہیں بتاؤں گا۔ دوستوں کو، یاروں کو؟ ان کو سب کچھ بتاؤں گا۔ ہاں پولیس کو اور افسروں کو کوئی بات نہیں بتاؤں گا۔ یہ یقین دلاتا ہوں۔"

"ٹھیک ہے پولیس کو اور افسران کو کچھ نہ بتانا۔

منموہن سنگھ وہاں سے اُٹھ کر گھر واپس آگیا۔

پچاس ہزار کی دوسری قسط اُنھوں نے گاؤں کی اُسی بیٹھک میں دینی تھی جہاں اس لڑکے کو رکھا گیا تھا۔ وہ اس کام کے لیے عام طور پر جگہیں بدلتے رہتے تھے۔ سی پی آر ایف والے بنٹیک انہیں زیادہ کچھ نہیں کہتے تھے اور بہت بار وہ ان کو دیکھ کر دوسری طرف دھیان کر لیتے تھے لیکن پھر بھی ان کو بچاؤ کے لیے کچھ نہ کچھ کرنا ہی پڑتا تھا۔ ایسا سمجھوتہ سا تھا کچھ۔ ہم ہوں تو تم نہ آؤ، تم ہو گے تو ہم نہیں۔ یا دن ہمارا، رات تمہاری۔ تم دن میں نہ آنا، رات کو ہم نہیں آئیں گے۔

ملے شدہ دن منموہن سنگھ کے پاس ہزار روپیہ لے کر بیٹھک پر پہنچ گیا۔ بچتر سنگھ نہنگ وہاں پہلے سے بیٹھا تھا۔ سو گز کے فاصلے پر گاؤں کا گوردوارہ تھا۔ اس وقت وہ سارے اے۔ کے سنیتالیس اساٹاں والے" دھرم سنگھ" گوردوارے میں تھے۔ گوردوارے میں ان کو پیغام بھیج دیا گیا۔ وہ بیٹھک میں پہنچ گئے۔ دھرم سنگھ، صاحب سنگھ اور باقی دوسرے بھی۔ سات آٹھ لوگ تھے وہ بیٹھک والے سارے ہی منموہن سنگھ کو جانتے تھے اور منموہن سنگھ ان کو۔ روز شہر آتے ہوئے وہ انہیں ملتے رہتے تھے۔ وہ اُن کے مزارعے بھی تھے۔

بارہ ایک کا وقت تھا۔ بھادوں کا مہینہ اور دھوپ بڑی تیکھی تھی۔ منموہن سنگھ کے آتے ہی اُن کے لیے دھریک کے پیڑ کے نیچے چارپائیاں بچھا دی گئیں اور پانی کے گلاس اور سرہانے بھی دے دیے گئے تھے۔ منموہن سنگھ نے پانی پیا اور گرمی اور اُمس محسوس کرتے ہوئے بولا "گرمی ہے۔ اگر کوئی پنکھی مل جاتی......"

"لو جی۔ پنکھی بھی آئے گی۔" بیٹھک کی مالکن بولی۔ تھوڑی دیر بعد وہ دو پنکھیاں لے آئی "لے ویرا پنکھیاں لے۔"

پنکھیاں بہت خوبصورت تھیں۔ ایک لال ایک پیلی۔ اُن پر ہاتھ کی کڑھائی کا کام تھا۔ گھنگھرو گوٹا، کناری اور جھالریں لگی ہوئیں۔ ایسی ہی پنکھیوں کے بارے میں گیت کہے گئے تھے "شاید لے دے مجھے مخمل کی پنکھی گھنگھروؤں والی۔" منموہن سنگھ نے پنکھیوں کو دیکھا تو بڑا ہی حیران ہو کر سب سے کہا۔

"آج ہمارے گھروں میں پُرانا پنجاب نہیں رہا۔ خاص کر شہر کے گھروں میں فرج ہیں، صوفے ہیں بجلیوں کے پنکھے ہیں۔ گھر میں روٹی مانگتے ہیں تو بیوی کہتی ہے: سبزی فرج میں سے نکال کر گرم کر دیتی ہوں۔ آپ دو روٹیاں تندور سے لگوا کر لے آؤ، سامنے تندور ہے۔ یہ ہیں ہم آج کل۔ سو آج کل اپنی پنکھیاں بھی کہاں رہ گئی ہیں۔ یہ تو آج عجوبے کی چیز بن گئی ہیں۔"

"محنت بہت ہوتی ہے جی ان پر گھروں میں۔ بوڑھی عورتیں بناتی رہتی ہیں۔"

"بھئی چاہے کچھ بھی ہو۔ منموہن سنگھ بولا۔ ان میں سے ایک پنکھی تو میں ضرور لے جاؤں گا۔ پنکھی ہے کوئی یہ۔ لاکھ لاکھ کی پنکھی ہے۔"

یہ سُن کر دھرم سنگھ فراخدلی سے بولا۔" دونوں لے جاؤ چاہے ۔ ایک کا کیا لینا ہے ..."
نہیں یار دھرم سنگھ۔ منموہن سنگھ نے رمزیہ طنز سے کہا۔" قیمت میں تے ایک کی دی ہے۔ایک لاکھ روپیہ۔ دو میں کیسے لے جاؤں ۔ ایک پر ہی حق ہے میرا۔"
بیٹھک میں ہلکی سی ہنسی بکھر گئی۔

○

انسان کو جینے کی طاقت کہاں سے ملتی ہے؟ جسم کی رگوں میں دوڑتے ہوئے لال رنگ کے خون سے، زندگی میں حاصل بنیادی ضرورتوں کی سہولتوں سے، سماج میں اثر و رسوخ سے، یہ سب تو خیر اپنی جگہ ہیں ہی، لیکن اصل طاقت ملتی ہے اس کے دل کے کسی کونے میں چھپے اس احساس سے کہ اس کے اندر کوئی ایسی قوت، ایسا ہنر، کوئی ایسا گن موجود ہے جو اسے کسی نہ کسی شکل میں دوسروں سے برتر یا بہتر بناتا ہے۔

وریام سنگھ سندھو کا تیجو ہے تو غریب، بے حد غریب، اس کے پاس جینے کی کوئی طاقت نہیں، نہ اس کے پاس اچھا کھانے کو ہے، نہ اچھا پہننے کو، نہ رہنے کو اچھا مکان ہے نہ سماج میں کوئی مرتبہ، اس کا تو بیٹا بھی اس کی زندگی میں کچھ نہیں بن پایا۔ اب وہ جئے تو کس بل بوتے پر۔ کیسے جیے؟ مگر پھر بھی وہ اپنی ساری زندگی ہنستے کھیلتے خود ہی اپنی غریبی کا مذاق اڑاتے ہوئے یوں گزارتا ہے جیسے کہ سے اپنی غریبی سے نباہ کرنا آگیا ہے۔ اور یہ نباہ کرنے کی طاقت وہ حاصل کرتا ہے اپنے اس جھوٹے خیال سے کہ اس کے مشوروں سے مستفید ہو کر بہت سے لوگ زندگی میں کامیاب ہو گئے۔ جس کو اس نے اپنی عقل کی کاپیاں پڑھ کر سنائیں، بس اسی کا بیڑا پار ہو گیا۔

اس کی کیفیت اس ڈوبتے ہوئے انسان کی ہے جو خود تو دلدل کے گہرے کھڈ میں نیچے ہی نیچے دھنستا چلا جا رہا ہے۔ لیکن دوسروں کو مشورے دیئے جا رہا ہے کہ شاباش ہاتھ پاؤں مارو، یہ کرو، وہ کرو، اور اس کھڈ سے باہر نکل جاؤ۔

تیجو کے اس المیے کی کہانی وریام سنگھ سندھو نے بڑے پُر اثر انداز میں سُنائی ہے۔

وریام سنگھ سندھو

گھرا کھڑا موت کا

رات کو جب اُس کی بیوی چنتو نے پڑوسی دیپ سنگھ کے گھر سے صبح کے وقت لائی ہوئی لَسّی میں اُبلے ہوئے پھیکے چاول پیتل کے کٹورے میں ڈال کر دیئے تھے تو پہلا لُقمہ مُنہ میں رکھتے ہی اس کی چھاتی میں صبح سے ہو رہا ہلکا ہلکا درد زور پکڑ گیا تھا، اور اُس نے چاولوں کا کٹورا واپس دیتے ہوئے خود کو نمونیہ ہو جانے کا اعلان کر دیا تھا اور درد کو سہنے کی کوشش میں ہونٹ بھینچے ہوئے دھان کے پیرا پر بچھے اپنے بستر پر لیٹ گیا تھا۔ چنتو نے چولہے میں اینٹ گرم کر کے اُسے سینک دیا۔ لیکن درد تھا کہ بڑھتا ہی جاتا تھا۔۔۔۔ آدھا گھنٹہ۔۔۔ گھنٹہ۔۔۔۔ اور تیجو نے قے کر دی۔ اب اسے سانس لینے پر بھی درد ہوتا تھا۔ تارا ابھی دیپ سنگھ کے گھر سے آیا نہیں تھا۔ جن کے ساتھ وہ ساجھے پر کام کر رہا تھا۔ گھر میں صرف چنتو ہی تھی یا پھر بیمار پڑا ہونگتا ہوا تیجو۔ چنتو کبھی اینٹ گرم کرنے کے لیے باہر جاتی اور کبھی سینک دینے کے لیے اندر آتی تھی۔ اور ساتھ ہی تارے کو ابھی تک گھر نہ آنے کے لیے گالیاں بھی دیتی جاتی تھی۔ ساتھ ہی نئے زمانے" کی نئی نئی بیماریوں کے پیدا ہو جانے پر بڑبڑ بھی کر رہی تھی۔

تارا آیا تو چنتو ایک طرح سے اُس کے گلے ہی پڑ گئی۔ بندہ ہو تو وہ وقت پر گھر آتا ہے

ارے تجھ پر قہر ٹوٹے ! وہاں تجھے کون سے بندھن پڑے ہوئے تھے . . . . وہ بنا کفن کے مر رہا ہے . . . . تم لوگوں نے تو میری جان کو بھاڑ میں جھونک دیا ہے ۔" وہ کتنی دیر تک اول جلول بولتی رہی ۔

تارا باپ کے پاس آکر کھڑا ہو گیا اور دیئے کی کانپتی لو میں اس کے پیلے ہو رہے چہرے کو دیکھنے لگا ۔

چنتو بولے جا رہی تھی ۔

". . . . میں کہتا ہوں تو بس بھی کرے گی کہ بڑ بڑ کرتی . . . . جائے گی ۔ جانور اندر باندھ کے ہی آتا نہ . . . . کاٹ کھانے کو آتی ہے ۔ اگلے ہلنے دیتے ہیں ، جب تک کام پورا نہ لے لیں . . . ایسے ہی ٹیں ٹیں لگا . . رکھی ہے ۔ میں وہاں تماشہ دیکھتا ہوا آرہا ہوں ؟ تارا تیکھی پتلی آواز میں کڑکا ، اور پھر جبڑے زور سے دبا کر ایک دم چپ ہو گیا ۔

" یہ تمہارا کچھ لگتا بیمار ہو گیا ہے . . . . اسے درد ہو رہا ہے ۔"

" بیمار ہے تو میں کیا کروں ، ہاں ۔ آں . . . میرے لیے مصیبت . . . ۔" اور وہ پاؤں پٹکتا ، ہاتھ میں دھان کی پیرا کو زمین پر پھینک کر ، ذرا فاصلے پر اپنی آدھی ٹوٹی چارپائی پر لیٹ گیا ۔ اور کھیس منہ پر تان لیا ۔

کمرے میں بھیانک قسم کی چپ چھا گئی ۔ دھواں چھوڑتی دیئے کی بتی نیچے ہی نیچے جا رہی تھی ۔

تیجو درد میں ہونگتا ہوا بولا ۔ " نہ گراوے میرے خصم . . . . تو نہ کر کچھ . . . . ہائے . ."

اور اس نے چنتو سے پانی کا گلاس مانگا ۔

آدھی رات کے بعد کہیں تیجو کی ذرا سی آنکھ لگی اور پھر تڑکے اس نے چنتو سے پانی مانگا ۔

پانی دے کر چنتو لیٹی تو تھی ۔ لیکن اسے نیند نہیں آرہی تھی ۔ اچانک تیجو دور جا رہی گاڑی کی طرح آہستہ آہستہ ہونگتا چپ ہو گیا ۔

چنتو نے گھبراہٹ میں تیجو کو آواز دی ۔ " تارے کے باپو . . . . میں نے کہا ، تارے

کے باپو..."

پھر وہ بھاگ کر تارے کی طرف گئی ۔ اندھیرے میں اُسے بُلایا۔"وہ تارے! تیرے باپو کو کچھ ہوگیا ہے۔ اُٹھ وے..."

اور ان ماں بیٹے نے جب دیا جلا کر دیکھا۔ دھان کی پیرا پر بچھی پھٹی ہوئی طلائی اور پھٹی پُرانی رضائی میں اُس کا سر ایک طرف لڑھکا ہوا تھا اور منہ سے پانی سی رال نکل کر اُس کے جبڑے پر بہہ رہی تھی۔ کھچڑی سی داڑھی کے بال ادھر ادھر بکھرے ہوئے تھے اور ادھ کھلے مُنہ میں گری ہوئی مونچھیں گیلی ہوئی پڑی تھیں۔ سرکی نیلی سی پھٹی ہوئی پگڑی اتر کر زمین پر گری پڑی تھی۔ اور اس کے بکھرے ہوئے سر کے بالوں کی لٹوں میں پیرا کے تنکے اٹکے ہوئے تھے۔ اُبھری ہوئی ہڈیوں کے درمیان گالوں میں آدھی بند آنکھوں کی سفیدی موت کی سگی بہن لگ رہی تھی اور بے جان آنکھوں کے کالے ڈیلے آنکھوں کی بھووں کے نیچے سہمے ہوئے پڑے تھے۔ جیسے کہہ رہے ہوں۔"ہم اس دنیا کے رنگ تماشے دیکھ کر تھک چکے ہیں...... اس سے اوب چکے ہیں.... واہیگورو جی کا خالصہ بھائیو۔"

چنتو نے رانوں پر ہاتھ مار کر اونچی چیخ ماری اور"سر کے سائیں" کے چلے جانے کا لمبا بین ڈالا تو باہر کھڑا اُن کا کالا کُتا بھونک پڑا۔ پڑوسی ہزارا سنگھ دیوار پھلانگ کر آیا دیپ سنگھ بھی آیا۔ دونوں رسمی سا افسوس کر کے اور صبر کرنے اور چپ کرنے کی بات کہہ کر چلے گئے۔

پچھواڑے کے گھر سے فوجی ٹھاکر سنگھ کی ماں کچھ دیر چنتو کے پاس آکر بیٹھی۔ اور پھر وہ بھی ڈنگوری پکڑے، بیٹھنے کے لیے کوئی چارپائی یا اوڑھنے کے لیے اچھا کپڑا نہ ہونے کی وجہ سے ٹھنڈ، سے ڈرتی چلی گئی۔

اور آہستہ آہستہ دیئے کی مدھم ہوئی لَو کی طرح چنتو کے بین، کچے کوٹھے میں چاروں طرف سے گرتی ہوئی مٹی میں دب کر رہ گئے۔

کافی سورج چڑھ آیا تھا۔ جب کچھ اڑوسی پڑوسی اور تیجو کے بھائی چارے کے کچھ آدمی۔ عورتیں اکٹھے ہوئے اور روایتی طور پر اس کی اچھائی" اور" اچانک موت" کی باتیں

ہونے لگیں ۔ اُس کا ہنس مکھ سبھاؤ اور دن بدن سر پر فروج کی طرح آچڑھی غریبی کی کہانیاں جس غریبی نے اُسے جاٹ سے مزارعہ اور اس کے تارے کو شریکوں کے لیے حصے پر کام کرنے کے لیے مجبور کر دیا تھا۔

بند اتو وہ بڑا سیدھا سادا تھا۔ پتہ نہیں لوگ کیوں اُس کو "تیجو ٹیڑھا" کہتے تھے۔ وہ ساری عمر ہنستا رہا تھا۔ دکھ میں بھی اور سکھ میں بھی۔ ابھی پرسوں جب نمبردار نے اُسے ٹھنڈ میں موٹا کپڑا لینے کے لیے کہا تھا تو وہ ہنس کر کہنے لگا تھا۔ نمبردار! ٹھنڈ نے ہم سے کیا لینا ہے؟ ٹھنڈ ہم کو نہیں لگتی۔ ہم ٹھنڈ کو لگتے ہیں۔ ہا۔۔ہا۔۔۔!

اور پتہ نہیں اُس کو ٹھنڈ لگ گئی تھی یا وہ ٹھنڈ کو لگ گیا تھا۔ آنگن میں وہ ٹوٹی چارپائی پر اکڑا پڑا تھا اور جو میلا کھیس تارے نے اوڑھا ہوا تھا۔ وہی اُس کے جسم پر تنا ہوا تھا۔

دوسری طرف بیٹھے گنتی کے چند آدمیوں میں سے کوئی اُس کی "عقل کی کاہیوں" والی بات سنا رہا تھا۔

تیجو خود اپنی زبان سے کہا کرتا تھا کہ جب وہ چھوٹی عمر کا تھا تب سندھ کی طرف گیا تھا۔ پتہ نہیں گیا بھی تھا کہ نہیں۔ کیونکہ اس کی جغرافیے کی جانکاری بس ایسے ہی تھی۔ ایک بار اُس نے اپنے گاؤں کے ایک آدمی سے جو کسی اور جگہ زمین خرید کر وہیں پر جا بسا تھا۔ پوچھا تھا۔ سنا بھائی پریا، پھر کہاں جا کر زمین خریدی ہے؟

اُس نے بتایا۔ "بھاؤ تیج سیاں۔ موگے کے نزدیک ایک گاؤں ہے۔ پندرہ بیگھے زمین۔ ایک ٹکڑا ہے۔۔۔۔ اس میں ٹیوب ویل بھی لگا ہوا ہے۔۔۔۔ بڑی موج ہے۔۔۔ تیری دیا سے۔۔۔۔ واہیگورو کی بڑی کرپا ہے۔"

اور تیجو یہ سن کر بول پڑا تھا۔ "کہاں یار موگے کی طرف زمین لی ہے۔ ادھر کہیں اپنے پنجاب میں ہی لیتے۔۔۔۔"

لیکن پھر بھی اُس کی بات پر یقین کرنا ہی پڑتا تھا کہ وہ سندھ میں مزدور گیا ہوگا کیونکہ اس کے مطابق وہ وہیں سے عقل کی کاپیاں لایا تھا۔ پتہ نہیں بس۔۔۔ پتہ نہیں اکیس۔۔

وہ خود ہی ان کے بارے میں بتاتے ہوئے گنتی کی غلطی کر جاتا تھا۔ لیکن اُسے اس بات پر بڑا فخر تھا کہ وہ سندھ سے جو "عقل کی کاپیاں" لایا تھا۔ ان میں بڑی عقل کی باتیں موجود ہیں جن کو پڑھ کر کئی لوگوں کے ڈوبتے بیڑے پار لگ سکتے ہیں... پار لگے بھی ہیں۔

وہ ان کاپیوں کی عظمت کا اکثر ذکر کرتا۔ "میں نے ماسٹر گینند رکو پہلی کاپی سے پہلی بات پڑھ کر کہا تھا۔ لڑکے! پڑھ جا... ٹکڑے ہوکے پڑھ جا... جتنا پڑھ سکتا ہے... تمہارا باپ ہے نہیں اور شریک تمہیں جینے نہیں دیں گے.... اور دیر میں یا کو لھو چلا اور سلسلہ یہ ہے۔ جا کر دیکھ لے... میرے کہنے پر وہ پڑھ گیا ہے' اور ماسٹر لگ گیا ہے۔ بیوی بھی ماسٹرنی مارلی ہے... جا کے دیکھ سُکھ کی روٹی کھاتا ہے۔"

اور چھوٹے سے قد کے جسم پر اُس کی چھوٹی سی گردن سے جڑا اس کا سر ایک بار فخر سے جھومتا اور اُس کی چھوٹی چھوٹی آنکھیں خوشی سے چمک اٹھتیں۔ اُسے محسوس ہونے لگتا کہ اُس کے پاس "عقل کی کاپیوں" کا خزانہ ہے۔ وہ بڑا امیر ہے اور لوگ جیسے اُس کی امیری سے رشک کرتے ہوں۔

اُس کی کاپیاں اُس کے کہنے کے مطابق ہرا یرا غیرا نہیں پڑھ سکتا تھا۔ وہ تو صرف وہ خود ہی پڑھ سکتا تھا۔ اور وہ بھی تھوڑی بہت ہی۔ یہ کاپیاں بقول اس کے' اسے کسی سادھو سے ملی تھیں اور اُسی نے ان کو پڑھنا سکھایا تھا۔ لیکن اُس کی قسمت خراب تھی کہ تب اُس نے دل لگا کر نہیں پڑھا، نہیں تو پو بارہ ہو جاتے۔ پھر بھی اس نے ان کاپیوں سے پڑھ کر کسی کو نوکر ہو جانے کی صلاح دی تو وہ نوکر ہو گیا تھا۔ کسی کو زمین خریدنے کے لیے کہا تو اس کا کام ہرے چڑھ گیا۔ کسی کو پنچ یا سرپنچ کے لیے کھڑا ہونے کے لیے کہا تو وہ کامیاب ہو گیا تھا۔

لیکن یہ کاپیوں کا جادو پتہ نہیں اُس کے اپنے گھر میں کیوں نہیں چل پایا۔ جب ابھی تارا چھوٹا تھا تو وہ تارے کے بارے میں سب کے بیچ بیٹھ کر باتیں کرتا۔ وہ محل اسارتا اور لوگ ہنستے ہوئے اُس کی ریت کی دیواروں کو ٹھوکریں مارتے رہتے۔

میں سوچتا ہوں۔ میں تارے کو بڑا پہلوان بناؤں۔ میری خواہش ہے کہ میں کنجر کو پانچ دس ٹین گھی کے کھلواؤں۔ کرتی کے یار کو لیکر سنگھ بنا دوں ایک بار... پھر میں کہتا ہوں کنجر

نے کسی کی ٹانگ یا بازو توڑ دینا ہے۔" ویر میریا، کولھو چلا اور سلسلہ یہ ہے۔ اسی لیے میں اس کو پہلوان نہیں بناتا۔"

اور پھر وہ دوسرا محل کھڑا کرتا۔

...کبھی میں سوچوں۔ اس کو بدمعاش بناؤں۔ بڑا بدمعاش۔ جگے ڈاکو جیسا۔ پھر میں کہتا ہوں۔ یہ کسی کا قتل کر دے گا... بعد میں، میں مصیبت میں پڑ جاؤں گا..." ویر میریا کولھو چلا اور سلسلہ یہ ہے..."

اور پھر وہ ایک اور موڑ مڑتا۔

"کبھی میری صلاح بنتی ہے تارے کو پڑھا دوں۔ اور لگا کے بہت سا پڑھا دوں۔ ایک ساتھ بیس تیس جماعتیں۔ چاہے زمین بک جائے... اسے تگڑا افسر بنا دوں۔ بڑا تگڑا افسر۔ لیکن پھر میں سوچتا ہوں، اگر یہ افسر بن گیا تو مجھے سفارشوں والے نہیں چھوڑیں گے.... کیا تیجا سیاں.. بس سردار تارا سنگھ سے کچھ کام تھا..... ویر میریا... کولھو چلا اور سلسلہ یہ ہے...."

اور وہ اونچا اونچا کھلکھلا کر ہنس پڑتا۔ پتہ نہیں اپنے سامنے بیٹھے لوگوں پر.. پتہ نہیں اپنے آپ پر۔

اُس کی کاپیاں پڑھ کر باتوں پر عمل کر کے کئی لوگوں کا بھلا ہو گیا تھا۔ لیکن تارا، تارے کا تارا ہی رہ گیا تھا۔ چھوٹا قد۔ چھوٹی سی ٹانگوں والا۔ تیلے سے منہ پر طوطے جیسی ناک والا۔ اور وہ باپ کے ساتھ ہی گھر کے چار بیگھے زمین پر، چھوٹی سی عمر میں بھینسوں کے پیچھے ہل سنبھالے چل پڑا تھا۔

اگر کبھی کوئی اُس کے دوسروں کو پار لگانے کی بات کرتا ہوا، اُن کی اپنی تنگی اور تارے کے نہ پڑھ سکنے اور پار نہ لگنے کی بات کرتا تو تیجو پہلے ہی ہنس پڑتا اور پھر بھینسے کی پیٹھ پر چابک مار کر ایک بار چُپ کر جاتا اور پھر فکر کے دبے لہجے میں بولتا۔ "ویر میریا، تو خود سیانا ہے.... تیرا تو پانی میں ہی جانا ہے نہ.... اگر کوئی پانی میں گرے تو وہ تیرے بھی.... اگر کوئی گرے ہی گلے گلے تک گہرے کیچڑ میں.... ہیں... کولھو چلا اور سلسلہ یہ ہے۔"

اور دیپ سنگھ نے جب تارے کو آواز دی تو وہ دور سے یوں چلتا آیا۔ جیسے سچ مچ اس کی ٹانگیں گہرے کیچڑ میں دھنسی ہوں اور وہ بڑے جتن سے ٹانگوں کو گھسیٹ کر اُس میں سے نکال رہا ہو۔

"میں نے کہا سنسکار کے لیے لکڑی وکڑی کا بھی کوئی بندوبست ہے؟

"لکڑی۔" تارا چونکا۔" ایندھن تو گھر میں کوئی نہیں۔" اس کی نیلی گلابی پگڑی اس کے ماتھے پر سرک آئی تھی۔

"سوہنیا۔ گھر میں نہیں تو پربندھ تو کوئی کرنا ہی ہوگا.... کوئی اور سفید کپڑوں والا بولا۔ اُس کی آواز میں تارے کے بیوقوفی بھرے جواب کے لیے شکایت تھی۔

تارا کچھ نہیں بولا۔ بلکہ آنگن میں لگے نیم کے پیڑ کی طرف ٹکٹکی لگا کر دیکھنے لگا جس کے پیلے پتے ایک ایک کر کے جھڑ رہے تھے۔ اور دھرتی کو ڈھانپ رہے تھے۔

کفن بھی لانا ہوگا۔ اس نے من ہی من میں سوچا اور پھر عورتوں میں بیٹھی اپنی ماں کو اٹھا کر وہ اُسے ایک طرف لے گیا۔ کفن اور لکڑی کے لیے پیسے چاہئیں۔"

"ہاں۔ اب پھر....؟ میں بھی یہی سوچ رہی تھی...." چنتو بھی پہلے سے سوال بنی کھڑی تھی۔ میلے دوپٹے سے آنکھیں پونچھتے ہوئے وہ بولی۔" شاید چندرے کو پہلے ہی پتہ تھا... چھ مہینے ہوئے ایک قمیض سلا کر رکھی تھی۔ کہنے لگا آہستہ آہستہ تینوں کپڑے مرنے کے لیے بنوا لوں..... اور وہ پھوٹ پھوٹ کر رو پڑی۔" نیچے کی چادر اور اوپر کے لیے کپڑا تو پھر بھی لینا ہی ہوگا...." پھر اُس نے جیسے سمجھاؤ دیا۔ دیپ سوں کو پوچھ کر دیکھ... تیرے حصے میں سے کاٹ لے گا...."

"ہوں.... تارا ٹوٹے ہوئے جوتے کی نوک سے دھرتی کو کھرچنے لگا۔" پوچھ کر دیکھتا ہوں۔ اُس کے تو گیہوں کے پہلے ہی بہت ہو گئے ہیں نہ" اور وہ مُنہ میں پڑی مونچھیں کترنے لگا۔

"سردار گورنچن سنگھ سے پوچھو پھر...."

"ہاں گورنچن سنگھ...... اُن کو ہمارا کاہے کا درد ہے۔ وہ دے چکے پیسے تم کو....

لوگوں سے لے کر ان کا پیٹ نہ بھرے۔۔۔" وہ بڑبڑاتا ہوا چلا گیا۔ دیپ سنگھ گھر میں رکھی لکڑی دینے کو تو مان گیا۔ لیکن پیسوں کے لیے اُس کا ہاتھ بھی تنگ تھا۔

وہاں بیٹھے ہوئے آدمیوں نے دیکھا۔ دروازے میں سردار گوربچن سنگھ کا باپ سردار ناظر سنگھ کھلا پینٹ کوٹ پہنے، ہاتھ میں سوٹی پکڑے بلیے بھاری جسم کے ساتھ ہاتھی کی طرح جھولتا آرہا تھا۔ وہ کافی دیر پہلے فوج سے کپتان ریٹائر ہوکر آیا تھا۔ آتے ہی فوجیوں والے لہجے میں بولا۔ ارے بھئی میں نے سُنا ہے تیجو کی موت ہوگئی۔ بہت بُرا ہوا۔ بہت بُرا ہوا۔"

" ہاں جی ہاں جی۔ وہاں بیٹھے پانچ سات آدمیوں میں سے دو چار اُس کی عزت کرنے کے لیے کھڑے ہو گئے۔ آخر وہ گاؤں کے سرپنچ کا باپ تھا۔ جدّی پُشتی سرداری کے گھرانے سے تھا۔ اُنھوں نے تارے سے سردار صاحب کے بیٹھنے کے لیے کرسی یا چارپائی لانے کے لیے کہا۔ وہ سمجھتے تھے کہ پینٹ کوٹ کے ساتھ تو ویسے ہی زمین پر بیٹھنا مشکل ہے اور سردار ہونے کی وجہ سے ویسے بھی اچھا نہیں لگتا تھا۔

" رہنے دو بھئی۔۔۔ رہنے دو۔۔۔۔ میں جلدی جا رہا ہوں۔۔۔۔ میں بچن کے ساتھ شہر جا رہا ہوں۔۔۔۔ وہ تیار ہو رہا تھا۔ میں نے کہا۔ اتنی دیر افسوس کرنے کے لیے گھٹنے جھکا آؤں۔"

وہ تارے کو اشارہ کرتے ہوئے کہے جا رہا تھا۔ تارا ویسے کا ویسا ہی کھڑا تھا۔

کپتان کھڑے کھڑے ہی سوٹی ہلاتے ہوئے کہنے لگا۔" بات یہ ہے۔ اس کو ٹھنڈ لگ گئی۔ وہ گرم کپڑا تو پہنتا ہی نہیں تھا۔ اوپر سے یہ عورت اُسے نمونیے میں ٹھنڈا پانی پلاتی رہی۔ یہ تو آگ پر تیل ڈالنے والی بات ہوئی۔ اُس نے بچنا کیا تھا؛ اس نے ایک پل کے لیے سب کے چہروں پر نظر ماری اور پھر شروع ہوگیا" ان کو چاہیے تھا۔ رات کو ہی ڈاکٹر بلواتے۔ اس کا علاج کرواتے۔ بچن گئی رات کو گھر میں ہی تھا۔ اُسے بُلا لیتے۔ وہ جیپ پر ہسپتال لے جاتا۔ اب میری طرف دیکھو۔۔۔ میں اور تیجا ہم عمر تھے۔۔۔ میں بچا ہوا ہوں۔۔۔۔ مہینے دو مہینے بعد میڈیکل چیک اَپ کراتا رہتا ہوں۔۔۔ لیکن ہمارے یہ اَن پڑھ لوگ۔۔۔۔۔ یہی تو ان میں کمی ہے۔"

سب چُپ تھے اور اس کے کہے ہوئے کو" سچ "سمجھ کر سن رہے تھے۔

یہ نزدیک دو میل پر ہیلتھ سینٹر ہے۔ سرکار ہم لوگوں کے لیے بڑا کچھ کر رہی ہے۔ لیکن ہم

ہی مُور کھ ہیں جو فائدہ نہیں اُٹھاتے ۔" اُس نے بندھی ہوئی سفید داڑھی کو بائیں ہاتھ سے تھپتھپایا
" خیر بھئی ۔۔۔ جو ہوا ۔۔۔ اچھا نہیں ہوا ۔"

اور وہ آہستہ آہستہ تیجو کی چارپائی کی طرف بڑھا اور کپڑا اُٹھا کر ایک پل کے لیے اُس کا مُنہ دیکھا اور پھر سوٹی ہلاتے ہوئے بولا ۔" اچھا ۔۔۔ میں چلتا ہوں ۔۔۔ بچن شہر جا رہا ہے ۔ وہاں کوئی وزیر آ رہا ہے ۔۔۔۔ اس بار گاؤں میں منڈی کھلوانے کی کوشش کر رہا ہے نہ ۔۔۔۔۔ دیکھو اگر کام بن گیا تو علاقے کی سُنی جائے گی ۔ بچن کی صلاح ہے ۔ آڑھت کھول کر لڑکے کو اسی پر بٹھا دے ۔ اُس کا لڑکا پڑھنے والا نہیں نکلا ۔ نالائق نکلا ہے سور کا بچہ ۔۔۔۔ اُلّو کا پٹھا ۔۔۔۔"

سب کچھ کہہ کر وہ وہاں بیٹھے ہوئے آدمیوں کے چہروں کی طرف دیکھنے لگا ۔ جیسے اپنی باتوں کے اثر کا انتظار کر رہا ہو ۔ یہ اس کی عادت ہی تھی کہ وہ کسی دوسرے کی کم ہی سُنتا تھا ۔ اور اپنی متواتر سُنائے جاتا تھا ۔ بیٹھے ہوؤں میں سے ایک دو نے کپتان اور اس کے لڑکے گوربچن سنگھ کی تعریف کی ، جن کا مطلب کچھ ایسا تھا کہ وہ دونوں تو گاؤں کے بازو ہیں ۔۔۔ علاقے کے ستون گوربچن سنگھ تو آج کل کی سیاست میں سر اونچا کرتا جا رہا تھا ۔ اُس کی وجہ سے علاقے کی بات سُنی جا رہی تھی ۔ ایسے نیک بیٹے کہیں مائیں روز روز پیدا کرتی ہیں ۔ ہر ایک کے ساتھ بنا کر رکھنے والا ۔ اگلے چناؤ میں علاقے سے اُسی کو کھڑا کرنا چاہیے ۔ وغیرہ وغیرہ ۔

اور ان باتوں کی بھیڑ میں تیجو کی موت کی بات گم ہو کر رہ گئی تھی ۔ ایسے لگتا تھا کہ جیسے اپنے آپ کو اس طرح بُھلایا ہوا دیکھ کر وہ اُٹھ کھڑا ہوگا اور بتائے گا کہ جس سردار اور اس کے لڑکے کے سامنے سب لوگ ٹائیں ٹائیں کر رہے ہو ۔ ان کو بھی اسی نے ہی عقل کی کاپی پڑھ کر سنائی تھی ۔ اور آج کے زمانے میں چلنے کے ڈھب سکھائے تھے ۔ وہ کپتان کی وہ بات بھی دہرائے گا ۔ جو کپتان نے آزادی کے بعد پہلی بار ووٹ پڑنے کے وقت کی تھی ۔ یہ بات تیجو نے کئی بار دہرائی تھی ۔۔۔۔۔

تیجو سنگھ اوروں کے ساتھ گاؤں کے اسکول میں ووٹ ڈالنے کے لیے قطار میں کھڑا تھا کہ کپتان اپنی سوٹی پر بوجھ ڈالے جھولتا ہوا آیا اور قطار توڑ کر آگے نکل گیا اور ووٹ ڈلوا رہے ماسٹروں سے مخاطب ہوا ۔

"اندر ماسٹر ہنس راج ہے ؟"

" ہاں جی ۔ حکم کرو ۔"

" دیکھو میری ووٹ بنی ہے ؟"

" جی بنی ہے ۔"

" میرا نام کیسے لکھا ہے ؟"

دراصل اُسے سرکار پر غصّہ تھا جس نے ہرایرے غیرے کو ووٹ ڈالنے کا حق دے دیا تھا۔ کبھی سارے گاؤں میں اس اکیلے کا ہی ووٹ ہوتا تھا۔ اوراب ۔ ۔ ۔ ۔"

ماسٹر ہنس راج نے ووٹوں والی فہرست میں سے اُس کا نام پڑھا " ناظر سنگھ ولد جاگیر سنگھ ۔"

کپتان ناظر سنگھ نے کندھے جھٹکے ۔

" کپتان ناظر سنگھ نہیں لکھا ۔"

" نہیں جی ۔"

" کپتان ناظر سنگھ نہیں لکھا ۔"

" نہیں جی ۔"

اور ایک منٹ کے لیے حیران پریشان ہوا کپتان ناظر سنگھ کھڑا رہا ۔ پھر اُس نے ووٹروں کی قطار کی طرف نظر بھر کر دیکھا ' جیسے کوئی کیڑے مکوڑوں کی طرف دیکھتا ہے ۔

" مجھ سے پہلے کس کی ووٹ ہے ؟"

" تیجا سنگھ ولد میہاں سنگھ ۔"

" ہوں ۔ تیجو ۔ تیجا سنگھ اور کپتان ناظر سنگھ صرف ناظر سنگھ ؟ سردار بہادر ناظر سنگھ ۔ ۔ ۔ ۔ صرف ناظر سنگھ ۔" میں ووٹ پول نہیں کروں گا ۔ اور وہ کئی لوگوں کے کہتے ہوئے بھی سوٹی ہلاتا ' دانت پیستا ووٹ ڈالے بغیر لوٹ آیا تھا ۔

تیجو جب بھی کپتان کی یہ بات سُناتا ' ساتھ یہ بھی بتاتا کہ یہ وہ ہی تھا جس نے بعد میں کپتانوں کے خاندان کو سیاست میں دخل دینے کے لیے کہا تھا ۔ اور اُسی نے ان کو یہ بھی یقین

دلایا تھا کہ اُس کا نام صرف کاغذوں میں ہی تیجا سنگھ ہوا تھا، ویسے وہ تیجو ہی ہے۔ اور اُن کے نام سے سردار کا لفظ صرف کاغذوں میں ہی ہٹا ہے۔ ویسے وہ سردار ہی ہیں۔۔۔۔ لیکن چونکہ نئے زمانے آگئے ہیں۔ اور ان میں نئی ترکیبیں سیکھ کر ہی چلا جا سکتا ہے۔ بیشک لوگ یہ بھی کہتے تھے کہ یہ وقت کی باتیں ہیں اور پیسے کی سرداری ہمیشہ پیسے کی سرداری ہی ہوتی ہے۔ اور وہ سرداری قائم رہنی ہی تھی۔ لیکن تیجو کا کہنا تھا کہ اگر وہ ان کو نہ سمجھاتا تو کپتانوں نے زمانے سے پیچھے رہ جانا تھا۔

بے چارا تیجو! جس کا خیال تھا کہ اس نے سرداروں کی سرداری قائم رکھی تھی۔ لوگ کہتے تھے اُنھوں نے ووٹ ڈال کر سرداروں کو سردار بنائے رکھا۔ اور سردار تھے جو کوٹھی میں بیٹھے وہسکی کا پیگ ڈکار کر مونچھوں پر تاؤ دیتے ہوئے کہتے تھے۔" ہماری سرداری شروع سے چلی آتی ہے۔ لیکن لوگوں میں کھڑے ہو کر وہ کہتے: جنتا ہماری ماں ہے۔۔۔۔" شاید یہ بھی اپنی اپنی جگہ سچے تھے۔ لوگ، سردار اور تیجو تینوں کے تینوں ہی۔۔۔۔"

تیجو لوگوں کو آگے بڑھاتا رہا۔ لیکن خود پیچھے ہی جاتا رہا۔ جیسے وقت کی مٹھی سے آہستہ آہستہ ریت گرتی جا رہی ہو۔ جیسے لکڑی کے شہتیر کو اندر ہی اندر گھن نے چاٹ کر کھوکھلا کر دیا ہو۔۔۔ جیسے۔۔۔۔ جیسے اس میں کوئی عیب نہیں تھا۔ محنتی تھا۔ ڈٹ کر کام کرتا۔ جصے ٹھیکے پر کھیت لے کر بیٹے کے ساتھ جٹا رہتا، چھوٹے چھوٹے دبلے پتلے اُن کے بھینسے تھے اور اُسی طرح کے وہ باپ بیٹے خود۔ اور لوگ ان کو بھی کئی بار اُن کی پیٹھ پر "ڈنگر" کہتے اور کئی بار اُن کے منہ پر بھی۔ لیکن ان کے اتنا کام کرنے کے باوجود کھیتی پورا ساتھ نہیں دیتی تھی۔ عام طور پر تو آ سے جصے ٹھیکے میں کبھی کچھ نہ بچتا۔ اپنی کمزور کھیتی کی مثال دیتے ہوئے پچھلے سال کی بات سُناتا۔

اُس نے پچھلے سال ماسٹر راج پال کی زمین میں دھان اور گیہوں کی ساونی ہاڑی بوئی۔ کھاد پانی کا خرچ ماسٹر نے پہلے دینا تھا اور بعد میں فصل میں سے تیجو کا حصّہ نکالنا تھا۔ کچھ گیہوں اس نے ماسٹر سے لے کر کھائی تھی اور لگ بھگ سو روپیہ ضرورت کے وقت اُدھاری پکڑا تھا۔ سال کے آخر میں جب وہ فصل تول کر حساب کرنے اس کے گھر گیا تو۔۔۔۔ حساب

کتاب کیا تو سارا اکٹ کٹا کر بلکہ مجھے کچھ دینا ہی تھا۔۔ اُلٹے تین روپے اس نے میری طرف نکال دیئے۔ اور کہنے لگا کہ اگر پاس ہیں تو وہ بھی دے جا۔ مجھے غصہ آیا۔ وہ بیٹھا ہی گھر میں تھا۔ میرے دل میں آیا کہیں اِدھر اُدھر ہوتا تو ذرا سا ٹیڑھا ہو کر اسے تہبند کھول کر دکھاتا۔ او ہاں وِیر میریا! کولھو چلا اور سلسلہ یہ ہے۔۔۔ کھیتی کے پیسے کا۔۔۔۔"

اور پیسہ اُس کے پاس نہیں تھا۔ اس لیے زمین بھی اُس کے پاس نہ رہی۔ آہستہ آہستہ بِک گئی۔ اس کا بیٹا تارا شریک کا مزارعہ بن گیا۔ اب وہ اپنی عقل کی کاپیوں کا بھی زیادہ چرچا نہیں کرتا تھا۔ لیکن پھر بھی اُسے روتے اور بسورتے کسی نے کم ہی دیکھا تھا پل دو پل کے لیے اگر غم کی لکیر اس کے ماتھے پر آتی تو وہ پگڑی سے پونچھ کر کوئی نہ کوئی دوسری بات شروع کر دیتا۔

اس بار سنگراند یعنی مہینے کے پہلے دِن کیرتن کے بھوگ کے بعد کڑاہ پرساد بانٹتے وقت، ذرا شغل میلے کے لیے سردار گورنچن نے اس کی تنگدستی کے سلسلے میں، تارے کے کمین مزارعہ بن جانے کے بارے میں افسوس سا کرنے کی تمہید باندھی، اور پھر اس کی عقل کی کاپیوں پر طنز کیا۔ جن کے ہوتے ہوئے اس کی یہ حالت ہو گئی تھی۔ تیجو نے اپنی نیلی پگڑی کے پھرک رہے پلّے کو اوپر کرتے ہوئے چھوٹی چھوٹی آنکھیں کھول کر اس کی طرف جھانکا اور پھر دانت دکھاتے مسکراتے ہوئے بولا۔ "کاپیاں تو آپ کو دے دیں ساری کی ساری سردارا۔"

"نہیں چاچا۔ بات نہ ٹال۔"

"بات کیا ٹالنی ہے۔۔۔۔ بات کیا ٹالنی ہے۔" اور تیجو جیسے سچ مچ بات ٹال رہا تھا وہ اُن کی طرف آتے کڑاہ پرساد بانٹنے والے بھائی کے پردھان سلکھن سنگھ سے مخاطب ہوا۔

"اوجی۔ باباجی۔ مہاراج۔۔۔ مہاں پُرکھو۔ واہیگوروجی کا خالصہ۔۔۔ دھن ہیو۔ دھن ہو۔۔۔"

سلکھن سنگھ اپنی جڑی ہوئی مونچھوں میں مسکراتا کڑاہ پرساد کی تھالی پر سر

جھٹکا نے پرساد بانٹتا آگے نکل گیا۔ تو تیجو نے جیسے اُسے سنا کر کہا۔

" سب اکال پُرش کی مرضی ہے۔ اُس کے حکم کے بغیر پتہ نہیں ہلتا تو پیڑن کا پیوں کے پتّے کیسے کھُلتے؟ اور پھر یہ جادو اپنے لیے کام نہیں کرتا۔" جب اس نے دیکھا کہ سلکھن سنگھ آگے نکل گیا ہے تو وہ اونچی آواز کے بجائے، آہستہ سے جیسے کوئی بھید کی بات بتانے جا رہا ہو بولا۔" ٹھگ ہے ٹھگوں کا۔ بڑا کنجر۔ کیسے جُھکا ہے... لیکن بھائی جھکے نہ تو دوسرے کو اُٹھا کر رانو پر کیسے رکھے... کولھو چلا اور سلسلہ یہ ہے...."

تیجو کی بات سُن کر گور بچن سنگھ اور ارد گرد بیٹھے دوسرے آدمی ہنس پڑے۔ لیکن گور بچن سنگھ اُس سے تارے کے بارے میں اسارے گئے خواب محل کی بات پوچھ رہا تھا۔ اور پھر گور بچن سنگھ کو جیسے کوئی ادبی فقرہ سوجھ گیا تھا۔ اُس نے اس کو دو تین بار دہرایا۔

" چاچا! تیرا تارا چمکا نہیں۔ چمکنا چاہیے تھا۔"

" رب کی باتیں ہیں... بتایا تو ہے..."

تارے کو چمکنا چاہیے۔ تارا چمکے نہ تو تارا کیسا ہوا اور پھر تیرا تارا..."

تیجو نے کڑاہ پرساد سے لگے گھی والے ہاتھ منہ پر ملے، اور پھر جیسے ایک نیا بھید کھولنے لگا ہو۔

" بات بڑی ہے اور منہ چھوٹا۔ لیکن سردار اپنا منہ تو پھٹا ہوا ہے... رب کبھی ہمارے بھی نزدیک آئے گا۔ کہتے ہیں آسمان یہی چھت کی اونچائی پر ہوا کرتا تھا۔ کسی عورت نے چھوٹے بچوں کو ٹٹی کرنے کے لیے پاؤں پر بٹھایا۔ اُسے بچے کی پیٹھ پوچھنے کے لیے کوئی کپڑا نہ ملا تو اُس نے ایک تارا توڑا اور اس سے بچے کی پیٹھ پونچھ لی... اور دیر میر یا۔ رب اُسی وقت گڑگڑ کرتا دور چلا گیا، اوپر چڑھ گیا۔ کولھو چلا اور سلسلہ یہ ہے۔"

" یہ کیا بات بنی پھر؟"

" بات یہ بنی بھئی.... بھئی تیری ماں یا تیرے باپ کی ماں، یا تمہارے کسی بڑے بزرگ کی ماں تھی وہ عورت۔ اور جس تارے کے ساتھ پیٹھ پونچھ کر پھینکا تھا وہ میں یا ہمارا

کوئی بڑا بزرگ یا پھر سوسوے ہمارا تارا ہی ہوگا۔۔۔ کولھو چلا اور سلسلہ یہ ہے ۔۔۔۔۔ اور تمہاری گندگی سے بکھرے تارے کیسے چمکیں میرے بھائی ؟ سردار بچن سیاں ۔۔۔" اور وہ تہبند جھاڑ کر اٹھ کر چل دیا تھا۔ اس کے پیچھے رہ گئے۔ لوگوں میں ہنسی کی بوچھار ہو رہی تھی اور وہ اپنے پیچھے دُکھوں کے گہرے سائے گھسیٹتا جا رہا تھا۔

اور اس طرح وہ ہر حال میں خوش رہنے کی کوشش کرتا۔ اپنے دُکھوں کی کہانیاں بیان کر کے نہ سُناتا۔ بلکہ ہر موقع پر "چڑھتی کلا" میں جوش وخروش میں رہنے کی کوشش کرتا۔ جب بھی کوئی اس کی کھیتی کے بارے میں پوچھ بیٹھتا۔ "سُنا پھر کتنی گیہوں بوئی ہے اس بار ؟"

" بڑی بوئی ہے ۔۔۔ فالتو۔

" تب بھی کتنی ؟

" بس ساری دھرتی اپنی ہے کہ۔"

" اور چارے وارے کی سُنا پھر ؟

" چارا وارا تو بہت ہے۔ فالتو۔ بے انت۔ گورو کی مہر ہے۔۔۔"

" چھٹالہ یا سینجی۔"

" ویر میریا۔ پوچھ کچھ نہ ۔۔۔ باہر جنگل سے لاتے ہیں سرکڑے یا کائی کے دو تین گھڑ ۔۔۔ ٹوکے سے کرڑ کرڑ کرتے ہیں اور مرڑ مرڑ کرتے جانور کھا جاتے ہیں۔ کولھو چلا اور سلسلہ یہ ہے ۔۔۔" وہ ہنس پڑتا۔ جیسے ہر کسی کا منہ چڑا رہا ہو۔

منہ پر وہ کسی کو کم ہی بُرا کہتا تھا۔ کیونکہ وہ سمجھتا تھا۔ یہ دنیا ہنستے دانتوں کی پریت ہے۔ یہاں بیٹھے کسی نے نہیں رہنا۔ میلہ دو دن کا۔" لیکن ان کی بیٹھ پر من کی مرضی کے مطابق کڑوا پھیکا بول کر من کی بھڑاس نکال لیتا۔ لیکن اُس کا انداز کھینچنے کے بجائے ہنسانے والا ہی ہوتا۔ جیسے ابھی کپتان ناظر سنگھ۔ افسوس کر کے جانے لگا تو سب کہہ رہے تھے کہ اس نے بڑا اچھا کیا آکر۔ یہ تو اڑوس پڑوس اور بڑے آدمیوں کے لیے بنتا ہے کہ کمزور کی کمر پر ہاتھ رکھیں۔ مشکل کے وقت کوئی ہمدردی ہی کرے تو کون سی کم بات ہے ۔۔۔۔

اور اگر تیجو زندہ ہوتا تو وہ اور بھی اُس کی اور اس کے لڑکے گوربچن سنگھ کی سرداری اور "چڑھتی کلا" کے سوہلے گاتا۔ لیکن جب ناظر سنگھ دروازے سے باہر چلا جاتا تو اُس نے کہنا تھا؟ ہاں ویر میریا۔ کھولھو چلا اور سلسلہ یہ ہے..."

کپتان دروازے سے باہر گیا تو سب نے جلدی سے تیجو کو نہلا کر سنسکار کرنے کا پروگرام بنایا۔ وہ کہہ رہے تھے کہ دن چھوٹے تھے۔ اس لیے جو کام جلدی ہو جائے۔ وہی اچھا۔ پھر لوگوں نے اپنے سو دھندے نپٹانے ہیں۔ چارا وارا لانا ہے۔ لیکن ابھی تو کفن کا ہی بندوبست نہیں ہوا تھا۔ جب دیپ سنگھ کو اس کا پتہ چلا تو ایک جناں بولا۔ کروبھر پربندھ۔ کب کرنا ہے پھر۔"

لکڑی کے لیے تو میں نے بھیجا ہے لڑکے کو کاریگر کی طرف کہ ہماری کٹوا کر شمشان میں بیل گاڑی پر لے جائے۔ لیکن کفن کے لیے...." ابھی بات اس کے منہ میں ہی تھی کہ گلی کی دوسری طرف سے اسٹارٹ ہوئی جیپ کوٹھی سے باہر نکل کر تیجو کے دروازے پر آکھڑی ہوئی۔ اُس میں سے گوربچن سنگھ اور گاؤں کا پٹواری نکلے۔ پاس آکر گوربچن سنگھ کھڑا ہو گیا۔ کالے کوٹ پینٹ میں کسا ہوا۔

"میں شہر جا رہا تھا... سُنا تو بڑا دُکھ ہوا۔ میں نے باپو جی کو بھیجا تھا۔ اب میں جا رہا تھا تو سوچا کہ جاتا جاتا ہوتا آؤں.... تارا کہاں ہے؟.... بھئی تمہارے باپ کے مرنے کی تو بہت بُری بات ہوئی.... اور اب دیر کیا ہے؟

دیپ سنگھ نے کفن کے بارے میں بتایا تو اُسی وقت گوربچن سنگھ نے کوٹ کی جیب سے بٹوا نکالا۔ اور نرم گورے اور پولے ہاتھوں سے دس دس کے تین کھنکتے نوٹ نکال کر تارے کی طرف بڑھائے۔" جا بہاری کی دوکان سے کپڑا لے کر آ... پگلیا۔ تو نے مجھے پہلے بتانا تھا۔ ہاں۔ ہاں..." اپنا تو بڑا ساتھی تھا چاچا تیجا سوں...... ہمیں تو بھائی اُس نے بڑی عقل کی کاپیاں" پڑھ کر سُنائیں۔" گوربچن سنگھ مسکرایا تو دوسرے لوگ بھی فرض سمجھ کر اس کے ساتھ پھیکا سا مسکرا پڑے۔

دیپ سنگھ اور تارا کپڑا خرید لے چلے گئے اور پٹواری نے اس کی زندہ دلی کی کہانی

سُنائی۔

" ایک بار گرداوری کرنے گیا پٹواری باہر گوردوارے کے آموں کی چھاؤں میں بیٹھا تھا۔ تیجو نے وہاں چائے اُبلنے کے لیے رکھی ہوئی تھی اور پٹواری کو کہہ رہا تھا کہ مہاراج ۔ چائے پی کر جانا۔ بڑے پدارتھ ڈالے ہیں اس میں ... بڑے پدارتھ۔ کہیں الائچیاں ..... کہیں مصریاں ۔" اور جب پٹواری کے سامنے کٹورا لاکر رکھا تو پتہ چلا کہ کیکر کے چھلکے نمک ڈال کر اُبالے تھے اور وہ کہہ رہا تھا۔ پٹواری جی معاف فرمانا .... سمندر کے بغیر ہی ہے ۔"

.... چونکہ گوربچن سنگھ کو جلدی تھی اس لیے پٹواری اور وہ 'فتح' بلاکر چلے گئے ۔ ابھی کپڑا خرید کر نہیں لایا گیا تھا۔ اس بیچ کے وقت کو بتانے کے لیے کسی بزرگ نے مناسب سمجھ کر تیجو کے بارے میں ایک اور کہانی کہانی سنانا ٹھیک سمجھا۔

وہ بتا رہا تھا کہ پاکستان بننے سے پہلے ایک بار تیجو کی فتو ارائیں کے ساتھ کچھ ضد ہوگئی اور اس کے ساتھ کشتی کے لیے تیار ہوگیا۔ لوگوں نے بھی تماشہ دیکھنے کے لیے اُس کا دل بڑھایا۔ لیکن تیجو اَڑ گیا کہ وہ کھیت میں نہیں جوہڑ میں کشتی لڑے گا۔ لوگوں کی بھیڑ اُن کی ہنسی اُڑاتے انھیں جوہڑ کی طرف لے گئی۔ گلے گلے پانی میں وہ اور تیجو کشتی لڑنے لگے۔ فتو لمبا جوان اور ویسے بھی تکڑا تھا اور تیجو کمزور اور چھوٹے قد کا۔ فتو نے گردن پکڑ کر تیجو کو غوطہ دیا۔ جب بھی وہ سر ہلاتا ہوا تھوڑا سا پانی سے باہر آتا۔ فتو اس کے سر پر تھپڑ مارتا اور پھر اُسے پانی میں ڈبو دیتا۔ .... لوگوں نے پانی کے اندر جاکر چھڑایا کہ کہیں مر ہی نہ جائے۔ لیکن تیجو پھر بھی ہنستا ہوا فتے کو کہے جا رہا تھا۔" آ پھر... آ پھر...'

بزرگ نے بات سُنائی تو سارے ہنس پڑے۔ تھوڑی دور پر بیٹھی پانچ سات عورتیں باتیں کررہی تھیں اور بیچ چارپائی پر تیجو پڑا تھا۔ بے خبر.... بے پرواہ .... ہمیشہ چڑھتی کلا میں رہنے والا۔ زندہ دل ، ہنس مکھ ۔۔ جو زندگی بھر پتہ نہیں کون سے سر تک گہرے پانی والے کھڈ میں پڑا رہا تھا۔ اس میں ڈوبنے سے بچنے کے لیے وہ عقل کی کاہیوں کی بات کرتا ، ساری دھرتی کو اپنی کہتا۔ نمک کو مصری اور کیکر کے چھلکے کو الائچیاں کہتا۔ یہ سب جیسے اُس کا گہرے پانی میں سے زور سے اچھل کر سر باہر نکالنے کی کوشش سا تھا.. لیکن پتہ نہیں ، وقت کا ، حالات

کا کون سا نتّو تھا جس نے اُسے پانی سے سر باہر نہیں نکالنے دیا۔ اور ہر سانس کے ساتھ بنتے ہوئے اُسے غوطے لگتے رہے تھے۔۔۔۔ اور آخر وہ سر سے اونچے پانی میں ڈوب گیا تھا اور کنارے پر کھڑی بھیڑ جیسے تماشہ دیکھ رہی تھی۔

اور پھر جب کسی اور نے اُس کی کوئی اور کہانی شروع کی تو تارا ہاتھ میں کفن کا کپڑا سنبھالے، دروازے سے اندر آ رہا تھا۔ تارا۔ جو پہلوان نہیں بن سکا تھا۔ بدمعاش نہیں بن سکا، افسر نہیں بن سکا تھا۔ کیونکہ۔۔۔۔

ارادے کی پختگی کے لیے پنجاب کی عورتیں بھی مردوں سے کسی طرح پیچھے نہیں۔ ایک بار ہیر نے کہا تھا کہ کوئی اکبر بادشاہ نے مجھ پر حملہ کیا تھا جو بھائیوں کو اپنی مدد کے لیے بلاتی۔ فصل کاٹنے کے لیے کچھ دھاڑوی آئے تھے۔ سو ہم لڑکیوں نے لاٹھیاں اٹھائیں اور انھیں مار بھگایا۔

لوٹا سنگھ کی سردارنی تیج کور اسی ہیر کی ہی کوئی سکھی سہیلی معلوم ہوتی ہے۔ جو جان جائے پر جائے، لیکن شان پر آنچ نہ آئے میں یقین رکھتی ہے۔

اردو کے قاری بلونت سنگھ کے جگا سے بخوبی واقف ہیں۔ لوٹا سنگھ کی سردارنی بھی کم وبیش اسی پیرائے کا فولادی کردار ہے جو اپنے خاندان کی ذاتی عداوتوں کو بر سرِ طاق رکھ کر بڑی حویلی کی شان کو برقرار رکھنے کے لیے زندگی کے میدان کارزار میں کھری اترتی ہے۔

بوٹا سنگھ

سردارنی

حویلی گاؤں کے بیچ و بیچ اور چوراہے والے اس بڑے کنویں کے نزدیک تھی جہاں سے سارا گاؤں پانی بھرنے آتا تھا۔ کنویں سے تھوڑا ہٹ کر بڑا سا پیپل تھا۔ جسے گاؤں کے لوگ براہمنوں کا پیپل کہتے تھے۔ یہ کنواں اور پیپل بھی گاؤں کی شان تھے۔ کوئی وقت تھا جب حویلی ذیلداروں کی حویلی کے نام سے جانی جاتی تھی۔ پھر نمبرداروں کی حویلی بن گئی۔ لیکن اب اس حویلی کے دونوں نام مٹتے جا رہے تھے۔ بیچ بیچ میں کچھ لوگ اسے "شاہوں" کی حویلی بھی کہتے تھے۔

نام تو ہوتے ہیں انسانوں کے ساتھ جن کے قدموں کے نیچے دھرتی دبتی چلی جاتی ہے۔ جب یہ ذیلدار اور نمبردار ہی نہ رہے، پھر پرانے نام تو لوگوں نے بھلا ہی دینے تھے۔ حویلی کا حسن اور نام کنویں کی منڈیر کی اینٹوں کی طرح اسی کی رگڑ سے جیسے جیسے بدصورت ہوتا گیا اور اس پر زردی پھیلتی گئی۔ تیسے تیسے حویلی کے چمکتے ناموں پر مٹی کی تہیں جمتی چلی گئیں۔

شاہوں کی حویلی؟

ارے جب سے شاہ مالک ہوئے ہیں، لکڑی کی طرح پھٹ گیا ہے۔ سارا گھر اور رہ گیا ہے شاہی پن تین تین کوٹھیوں میں بٹ کر۔ مانگنے کے لیے فقیر سمجھ نہیں آتا اس حویلی میں بسے ہوئے تینوں گھروں میں سے اسے خیرات بھی ملے گی یا نہیں۔ بڑے آئے شاہ؟

پرانے لوگ جانتے تھے۔ کبھی حویلی ہی سارے گاؤں پر ملکیت سمجھی جاتی تھی۔ اب تین بھائی

رہ گئے ہیں ۔ وہ بھی الگ الگ ۔ وہ بھی ایک ہی احاطے میں رہتے ہوئے ایک دوسرے سے مُنہ پھُلائے پھرتے ہیں زمین ساری بٹ گئی ۔ ڈھور ڈنگر بٹ گئے ۔ بستر، چادروں تک کا بٹوارہ ہو گیا۔ کسی دن بیچ میں دیواریں کھڑی ہو جائیں گی ۔ اور باقی رہ جائے گی تین تین کوٹھوں کی ملکیت ۔شاہوں کی حویلی ..

چھوٹی اچھر سنگھ اور مادھو سنگھ کی بیولوں نے پورا زور لگایا ۔ بھئی پوری زمین بٹ گئی، برتن بٹ گئے ان چار کوٹھریوں کے بٹوارے میں کون سا پہاڑ ٹوٹنے والا ہے ۔ختم کرو روز روز کا جھگڑا۔ جب بات کرنے تک کا رشتہ نہیں رہ گیا تب ان پُرانی ساجھی چار اینٹوں کا کیا کرنا ہے ۔

سب کے لڑکے جوان ہو رہے ہیں ۔ ایسا نہ ہو کسی دن ساجھے کھونٹے پر جھگڑا باندھتے ہوئے سر کٹ جائیں اور فساد بڑھ جائے ۔ آپس میں بول چال تو پہلے ہی نہیں رہی، اب ساجھے داری کس بات کی ؟

چھوٹی دونوں بہویں مُنہ جوڑ کر باتیں کرتیں ۔لیکن نہ اُن کی اور نہ اُن کے آدمیوں، اچھر سنگھ اور سادھو سنگھ کی ہمت ہوتی کہ بڑی بھابی تیج کور کے سامنے کوئی مُنہ کھول سکے ۔

تیج کور گھر کی بڑی بہو تھی ۔ اونچی لمبی، دوہرا جسم اور گیہواں رنگ ۔ جب جوش میں آکر گٹھی ہوئی کمر پر ہاتھ رکھ کر ٹھوک کر بات کہتی، اچھے اچھے سنگھ سردار اندر سے کانپ جاتے ۔ کسی کو کوئی جواب نہ سُوجھتا ۔ وہ بڑی تھی ۔ دونوں دیور اُسے بھابھی کہتے تھے ۔ ان کی دیکھا دیکھی سارا گاؤں بھابی تیج کور کہنے لگا ۔ اُس کے پاس گاؤں کا کوئی نہ کوئی جھگڑا آتا ہی رہتا ۔ گاؤں کے مزارعوں کے لوکیا رشتے داروں میں بھی بہو اساس کے فیصلے وہی کرتی ۔ روتے روتے آتے اور خوش خوش لوٹتے ۔

دونوں چھوٹے بھائیوں کی آنکھوں میں شرم تھی کہ ماں جیسی بھابی کے سامنے کیسے کھڑے ہوں اپنے ہاتھوں سے ہماری شادیاں کیں، ہماری ڈولیاں لے کر آئی ۔ سروار نے کے شگن کیے، پانی وارا ۔ اب کیسے اُس کی چھوٹی سی بات کو ٹال دیں ۔سب کچھ تو بٹ ہی گیا ہے ۔ بات رہ گئی ہے حویلی کی ۔

تیج کور کی دیورانیوں کے ساتھ بول چال نہیں تھی ۔ کوئی بچہ چیز مانگتا، منہ پر تھپڑ پڑتا ہم نے نہیں جانا ان کے گھر سے کوئی چیز لینے، ہمارا اگو مرنے جینے کا رشتہ ختم ہو گیا ہے ۔ آدمی ملے ہیں ۔ جھلا ہے ۔ بھابی سے ایسے ڈرتے ہیں جیسے کوّے غلیل والے آدمی سے ۔ معلوم نہیں ان چار انیٹوں

کا بھگوان کب فیصلہ کرتا ہے۔

مہینے گزر جاتے تھے ایک بھائی کو دوسرے بھائی سے بات کیے ہوئے، جبکہ رہتے سانجھی حویلی میں تھے۔

تیج کور کو ایک ہی ضد تھی۔ زمین بٹ گئی، ڈھور ڈنگر بٹ گئے، لیکن میرے جیتے جی حویلی کا بٹوارہ نہیں ہو سکتا۔ ذیلداروں کی حویلی، نمبرداروں کی حویلی اور شاہ کی حویلی، گوپال سنگھ، اچھر سنگھ اور سادھو سنگھ کے مکان نہیں بن سکتی۔ یہ نہیں ہو سکتا قلعے جیسی حویلی ہے۔ دو پیڑ بیری کے، ایک شہتوت کا اور ایک پیپل کا، جہاں تمہاری مرضی ہو چارپائی بچھاؤ، جہاں تمہارا جی چاہے جانور باندھو، لیکن حویلی کا بٹوارہ میرے مرنے کے بعد ہی ہوگا۔ میری گردن پر چھری پھیرنے کے بعد ہی کوئی بیچ میں دیوار کھڑی کرے گا۔ اگر تم سندھوؤں کے بیٹے ہو تو میں بھی ان گل سرداروں کی بیٹی ہوں جنھوں نے سر کاٹتے وقت کبھی یہ نہیں سوچا کہ سامنے بھتیجہ کھڑا ہے یا بھانجہ۔"

تیج کور کو یاد آ رہا تھا۔ جب وہ چھوٹی تھی تب تاؤ چاچا کے بیٹوں میں جم کر لڑائی ہوئی تھی۔ وہ لاٹھی چلی کہ دونوں ہی گھروں کے کتنے ہی آدمی زخمی ہو کر سرکاری اسپتال میں پہنچ گئے۔ ہسپتال ایک زخمی دونوں گھروں کے، منجھلے اور منجیت کا بازو اور ٹانگ ٹوٹ گئی۔ کسی کی پسلیاں ٹوٹ گئیں لیکن اُس کی ماں نے ایک بار بھی "سی" نہ کی، شکر ہے بھگوان کا۔ ٹانگ بازو ہی ٹوٹے، پر دونوں گھروں کے لوگ بچ تو گئے۔ اگر ایک آدھ کی گردن کٹ جاتی تو ....

بے بے اُسی وقت راؤ دمہرے کی بہنگی پر دودھ کی گاگریں اور گھی کے کنستر اٹھوا کر ہسپتال لے گئی۔ دونوں گھروں کے زخمیوں کے پلنگ ایک دوسرے کے سامنے بچھے تھے۔ بے بے نے گرم کیے ہوئے دودھ میں گھی ڈال کر پہلے تاؤ کے بیٹوں کو پلایا اور کہا۔ اُٹھو میرے شیرو، دودھ گھی پی کر تگڑے ہو جاؤ، ابھی کون سی کوئی بات ختم ہو گئی ہے۔ جب تک دو چار بیوہ نہیں ہوتیں تب تک یہ بات ختم نہیں ہوتی۔" بے بے تائے کے بیٹے شب دیو سنگھ اور ہربنس سنگھ کو دودھ پلا کر چھاتی سے لگاتی رہی اور آنسو بھری آنکھوں سے کہتی رہی۔ شبیا بدقسمت ماں سے کہہ، تجھے بھی دودھ پلائے، دولٹھ کھا کر اسپتال آ پڑا ہے۔" بے بے شبے کو اپنے سینے سے لگا کر روتی بھی جاتی اور باتیں بھی کرتی جاتی۔ چاچا اور تاؤ کے بیٹے لپنے سامنے چارپائیوں پر پڑے بے بے کی باتیں سن کر چپ

سادھے بیٹھے تھے۔ لیکن کسی کی ہمت نہ ہوئی کہ اُس کی بات ٹال سکے۔

میں بھی اسی ماں کی بیٹی ہوں' اچھر سیاں اور سادھو سیاں! تم عورتوں کے کہنے پر کر دحویلی کے ٹکڑے لیکن یاد رکھنا۔ ہر گرتی ہوئی اینٹ کے ساتھ میرا بھی انگ انگ کٹے گا۔"

کون آتا شیرنی کے مُنہ کے آگے ؛ اپنے اپنے کاموں میں مصروف ایک دوسرے کے مُنہ دیکھتے ہوئے دن کاٹ رہے تھے۔

سب سے چھوٹے سادھو سنگھ کے دماغ میں ایک ہی بات اٹکی تھی۔ تین بیٹے ہیں۔ تینوں ہی بڑی جماعتوں میں پڑھ رہے تھے۔ بیٹی کوئی ہے نہیں۔ بیٹوں والا تو بادشاہ ہوتا ہے۔ میں نے اس پرانی ہنجر حویلی کو چاٹنا ہے۔ سنبھال لے سارا بڑا چھوٹا۔ یہ بڑے رساکوکی بیٹی۔

سادھو سنگھ کو سب سے زیادہ شوق تھا خوبصورت بیلوں کی جوڑی رکھنے کا۔ وہ اکثر کہا کرتا تھا۔ لائق بیٹے اور بیلوں کی جوڑیاں ہی تو جاٹ کی حویلی کا شنگار ہوتے ہیں۔ زمین تو سب کے پاس ہوتی ہے۔ کسی کے پاس تھوڑی کسی کے پاس زیادہ۔"

سادھو سنگھ کے پاس گوری بیلوں کی جوڑی تھی۔ اونچی رانیں، لمبے سینگ اور چمکتے گورے بدن۔ شادیوں کے دنوں میں سادھو سنگھ کو بلاوے آتے ہی رہتے۔ سجی ہوئی بیل گاڑی کے آگے جُتے ہوئے گوری بیل، جن کی پیٹھ پر کڑھائی کی ہوئی جھالریں ہلتی تو بیل گاڑی میں بیٹھی ہوئی نئی نویلی دلہن کو دیکھنا بھول جاتے۔

وہ اکثر سوچتا اگر ایک جوڑی اور ہو جائے تو سارے کام آسان ہو جائیں۔ کسی کو جواب نہ دینا پڑے۔ ساتھ ہی گھر میں رونق ہو جائے گی۔

نئی جوڑی کی تلاش میں سادھو سنگھ کو بھٹکتے کئی دن نکل گئے تھے۔ ایک دن شام کے وقت وہ ساہی وال نسل کا بھورا لال بچھڑا لے کر آ گیا۔ بچھڑا مشکل سے سال سوا سال کا تھا۔ چکنا رنگ، چار دل کھر دُودھ کے دُھلے سفید ماتھے پر سفید نشان، گٹھا ہوا بدن۔ جیسے حویلی کے کھونٹے پر بندھے دیکھ کر سادھو سنگھ کا من اندر سے کھِل اُٹھا۔ وہ گھر سے گڑ کی بھیلی لے آیا اُس کے ٹکڑے کر کے بچھڑے کے مُنہ میں ڈالتا۔ اس کی پیٹھ پر ہاتھ پھیرتا، اور کہتا: قربان اوے تجھے پیدا کرنے والی کے۔"

تیج کور نے اپنی گھر کی دہلیز میں کھڑے ہو کر سادھو سنگھ کو بچھڑے کو گڑ کھلاتے دیکھا تو اُداس کے دل میں آیا۔ "چھوٹے بھائی سا دیور ہے۔ اپنے ہاتھوں سے پالا ہے۔ گھروں میں جھگڑے تو ہوتے ہی رہتے ہیں، جا کر سادھو سنگھ کو بدھائی دے آؤں" تیج کور کتنی دیر سوچتی رہی۔ لیکن اُس کے پاؤں آگے نہ بڑھے، بلکہ اس نے اپنے من کو یہ سوچ کر سمجھایا۔ یہ تو مورکھ آدمی ہے۔ ایک بچھڑے سے کیا ہوگا۔ مُفت کا دروازے پر خرچ باندھ لیا ہے۔"

تیج کور کے بڑے لڑکے کا سالا شنگارا سنگھ آیا ہوا تھا۔ اُس نے تیج کور کے پیچھے کھڑے ہوتے ہوئے کہا

"موسی من اُداس کر کے کیوں کھڑی ہے؟"

"شنگارا یہ سادھو سنگھ بچھڑا لے کر آیا ہے۔ آنگن میں رونق آگئی ہے۔ ذرا جوان ہو جائے پھر دیکھنا بچھڑے کی کاٹھی۔" اتنا کہہ کر تیج کور اندر چلی گئی۔ اور شنگارا سوچنے لگا۔ بی بی تو کہتی تھی: "میرے ویر چاچا کی طرف نہ جانا، ہماری اُن کے ساتھ بول چال نہیں" ایسے ہی بے بے نے دیکھ لیا تو گلے پڑ جائے گی۔ لیکن بے بے تو دیور کا بچھڑا دیکھ کر یوں جوڑی ہو کر کھڑی تھی جیسے بچھڑا اُسی کے کھونٹے پر بندھا ہو۔

شنگارا کو بچھڑا بہت پیارا لگا۔ بھورا لال رنگ جو گردن کے نیچے سے کالی چمک مارتا تھا۔ ماتھے پر نشان اور چاروں کھر دودھ کے دُھلے۔

"موسا ماتھا ٹیکتا ہوں۔" بیری کے نیچے چارپائی بچھا کر بیٹھے سادھو سنگھ کے پاس جا کر شنگارے نے کہا۔

"آ بھئی ورک سردار، کیا ڈیل ڈول نکالا ہے۔ کب آیا ہے؟"

"پرسوں آیا تھا۔ موسا تیرے بچھڑے کی سارے گاؤں میں دھوم مچ گئی ہے۔ تو نے قلعہ جیت لیا ہے۔ بڑی موسی کہتی تھی "صحن میں رونق آگئی ہے۔" بچھڑے کی پیٹھ پر ہاتھ پھیرتے ہوئے شنگارے نے کہا۔

شنگارے کے ہاتھ پھیرنے سے بچھڑے کے جسم میں لہر سی دوڑ گئی تو اس نے کہا: "بھائی ہم سے کیوں شرماتا ہے، ہم بھی اسی گھر کے آدمی ہیں۔"

شنگارے نے بچھڑے کی پیٹھ پچکاری، ماتھے پر ہاتھ پھیرا، پونچھ سیدھی کر کے ذرا کھینچ کر دیکھی

تو بچھڑے نے محسوس کیا، آدمی گھر کا ہے۔ کوئی پرایا نہیں۔

سادھو سنگھ بچھڑے کی خوب سیوا کرتا۔ دن میں پانچ سات بار اس کے پاس چکر لگاتا۔ کتنی کتنی دیر چارپائی پر بیٹھا بچھڑے کے ساتھ نہ جانے کیا کیا باتیں کر رہا ہوتا تو شنگارا سنگھ بھی آجاتا۔ وہ بھی بچھڑے کی پیٹھ پر ہاتھ پھیرتا۔ ہتھیلی چاٹتا اور ایک عجیب سی نظر کے ساتھ بچھڑے کی طرف دیکھتا کرنی بھگوان کی۔ رات کو چار بوندیں آگریں۔ تھوڑی سی برسات آگئی اور ساتھ ہی ہلکی سی ٹھنڈ ہوگئی۔ سادھو سنگھ چارپائی اندر لے گیا اور گہری نیند سوگیا۔ سویرے آنکھ کھلی تو دیکھا، بچھڑا کھونٹے پر نہیں تھا۔ سادھو سنگھ کے ہوش اڑ گئے۔ سوچا کہیں کھل کر باہر نہ نکل گیا ہو۔ لیکن حویلی کا باہر کا بڑا دروازہ تو وہ خود بند کرکے سویا تھا اور کنڈی بھی لگا دی تھی۔

سادھو سنگھ حویلی سے باہر نکلا۔ بہت بھاگ دوڑ کی، لیکن بچھڑے کا پتہ نہ چلا۔ جیسے جیسے دن چڑھتا گیا۔ دل کی دھڑکن کے ساتھ سادھو سنگھ کی بے چینی بڑھ گئی۔ حویلی میں شور مچ گیا۔ بچھڑا چوری ہوگیا ہے۔ گاؤں کے لوگ باتیں کرتے، شاہ کے گھر چوری ہوگئی ہے اور تو سوئی تک کا نقصان نہیں ہوا۔ لیکن چور بچھڑا کھول کرلے گئے ہیں۔

جب بھابھی تیج کور کو پتہ چلا تو وہ فوراً باہر نکلی۔ آنگن میں سر نیچا کرکے بیٹھے سادھو سنگھ کو دیکھ کر اس کا کندھا ہلاتے ہوئے کہا۔ او سادھیا۔ کیا ہوگیا ہے؟

"بھابھی بچھڑا چوری ہوگیا ہے۔" سادھو سنگھ نے تیج کور کی طرف نظر بھر کر دیکھتے ہوئے کہا۔

"تو کہاں مرا پڑا تھا؟" ۔۔۔۔ بڑے سندھو سردار۔ وے تو سندھو ہے؟ جولاہے سے بھی بدتر ۔۔۔۔ سوتے ہوئے کے پاس سے چور بچھڑا کھول کرلے گئے۔" تیج کور حویلی کے آنگن کے بیچ و بیچ کھڑی گرج رہی تھی۔

تیج کور کی گرجتی ہوئی آواز سن کر اس کا شوہر گوپال سنگھ آگیا۔ منجھلا دیور اور اس کے بیٹے بھی آگئے۔ تیج کور نے سب کی طرف دیکھتے ہوئے تیکھی آواز میں کہا۔" تم سب جولاہے ہو جولاہے کون سی بات ہے تم میں سندھو سرداروں والی۔ بچھڑا کھولنے والے کا سر قلم کرلیتے تو سمجھتی کہ یہ دلیرداروں کا گھرانا ہے۔"

پورو، تیج کور کی بہو نے جب بے بے کی گرجتی آواز سنی تو اس کا دل کانپ گیا۔ بار بار یہ لفظ اُس کے کان میں گونجتے "بچھڑا کھولنے والے کا سر قلم کر دیتے تو سمجھتی کہ سندھو سرداروں کی اولاد ہو۔"

پورو نے اپنے آپ کو سنبھالا اور گود میں اُٹھائی ڈیڑھ ایک سال کی بیٹی کو چھاتی سے چمٹا کر تھپتھپانے لگی۔ لیکن بے بے کے الفاظ اس کی چھاتی میں گولی کی طرح چبھ رہے تھے۔

پھر تیج کور نے اپنے سردار کی طرف مُنہ کرتے ہوئے کہا۔ سارا خاندان میرے منہ کی طرف ایسے دیکھ رہا ہے جیسے بندری کا تماشا ہو رہا ہو۔" سادھو کو ساتھ لے کر تھانے جاؤ ....."

تینوں بھائی اور تیج کور کا بڑا بیٹا دلیپ سنگھ تھانے جا پہنچے، تھانیدار جانتا تھا، یہ گھر سارے گاؤں میں سب سے امیر ہے۔ لیکن آج تینوں بھائی کیسے اِکٹھے ہو گئے ہیں'

تھانیدار کے من کی بات بھانپتے ہوئے گوپال سنگھ نے ذرا رعب بھری آواز میں کہا۔

"چودھری جی بات بچھڑے کی نہیں، سوال ہے ہماری غیرت کا۔ اتنی بڑی حویلی اور بیس لوگوں کے بیچ سے کوئی بچھڑا کھول کرلے جائے۔ ہمیں اس کا نام پتہ چل جائے، تو ہم اُسے وہیں جان سے مار ڈالیں گے۔ آج تو ہم سب بن گئے ہیں اُلّو کے پٹھے....."

"سردار گوپال سنگھ یہ تھانہ ہے' بنیے کی دُکان نہیں۔ ہمارے پاس آئے ہو تو کریں گے قانونی کارروائی اور کریں گے پورا پتہ۔ ارے تھانے کے علاقے میں چوری ہو جائے....؟"

رپورٹ لکھی گئی۔ سارے بھائی اور بھتیجے، اس طرح گردنیں جھکائے گھر پہنچے، جیسے شمشان میں کسی سگے سمبندھی کو پھونک کر آئے ہوں۔

چوتھے پانچویں دن گوپال سنگھ اور سادھو سنگھ پھر تھانے پہنچے۔

"چودھری جی۔ کوئی پتہ لگا ہے ہمارے چور کا؟"

"گوپال سنگھ تمہارا بچھڑا تمہارے گھر میں ہے" تھانیدار نے مسکراتے ہوئے کہا "سردار اگر بچھڑا تمہارے گھر میں نہ ہوتا تو ہم چور کی مشکیں باندھ کرلے آتے۔ ہم نے تو ایسے ہی نمبری چوروں کی مرمّت کر ڈالی ہے۔"

"ہمارے گھر ہے بچھڑا؟"

" ہاں تمہارے گھر۔"

" چودھری جی پہیلیاں نہ بجھاؤ۔۔۔۔ ہمیں بھی پتہ تو چلے۔" گوپال سنگھ نے اپنے اندر کی بے صبری کو روکتے ہوئے کہا۔

" تمہارا بچھڑا ہے تمہارے سمبندیوں کے گھر۔ دلیپ سنگھ کا سالا لے کر گیا ہے۔ تمہاری ہے سمبندیوں کی بات۔ کل کو تم دونوں گھر ایک ہو جاؤ گے۔ اگر تمہارے سمبندی نہ ہوتے، قسم بھگوان کی جوتے مار مار کر شنگارے کی چمڑی ادھیڑ دیتے۔ معلوم ہو جاتی ورک سرداروں کی اوقات "

تھانیدار کی بھاری بھرکم آواز سن کر گوپال سنگھ اور سادھو سنگھ کی گردنیں نیچی ہوگئیں اور دونوں بیٹھ پیچھے ہاتھ باندھے گھر آگئے۔ تیج کور گھر کی دہلیز میں کھڑی انتظار کر رہی تھی۔ اس نے جلدی سے پوچھا۔

"کوئی پتہ لگا؟"

" ہوں لگ گیا ہے۔ بغل میں منڈا شہر ڈھنڈورا۔"

" سردارا بات کر سیدھی، ایسے ہی نہ میرے کلیجے کو آگ لگا۔" تیج نے سختی سے کہا۔

" بھاگوان کیا بتاؤں؟ منہ سے بات نہیں نکلتی، اپنی ناک اور اپنی چھری۔ بچھڑا لے گیا ہے دلیپ کا سالا شنگارا سنگھ۔"

" شنگارا۔۔۔؟" تیج کور نے دونوں ہاتھ ملتے ہوئے کہا۔

" ہاں ہاں شنگارا لے گیا ہے۔ میں کوئی پشتو نہیں بول رہا، جو تیری سمجھ میں نہیں آتی۔" گوپال سنگھ نے غصے بھری آواز میں جواب دیا۔

یہ سن کر تیج کور پھر گرجی۔" وے سادھیا ڈال گھوڑی پر کاٹھی اور جا گھمی۔ بندے کا پتر بن کر بچھڑا لے کر واپس آنا ایسا نہ ہو کہ چپڑ تو بھاگ جائے اور۔۔۔۔ شام کے وقت لوٹ آنا۔ گھوڑی کا کچھ نہیں بگڑنے والا۔ دس دس کوس کا راستہ ہی ہے نہ۔"

بھابھی تیج کور کی کڑکتی آواز کو سن کر سادھو سنگھ نے دو چار لقمے روٹی کے کھائے اور

کٹورا لسی کا اندر پھینک گھنی چل پڑا۔

سادھو سنگھ راستے میں سوچتا رہا۔" اوے تیری ماں کی۔ شنگاریا تجھے اور کوئی گھر نہ ملا۔ اوے بہن کے گھر میں ڈاکہ ۔۔۔ اب تو سو دو سو کی بات نہیں۔ بھابی نے تو میری جان نہیں چھوڑنی۔ یہی کچھ سوچتے سوچتے سادھو سنگھ لے ورک سرداروں کی بیٹھک کے سامنے پہنچ کر گھوڑی کو کھڑا کر دیا۔ اندر شنگارے کا باپ چیت سنگھ اور اس کا چچا جاگر سنگھ بیٹھے تھے۔ چیت سنگھ نے آنکھ کے اشارے سے کہا۔" لو بھائی آ گئے ہیں بچھڑے کے مالک۔"

" بھائی تو فکر نہ کر آنے دو جوان کو اندر۔" جاگر سنگھ نے مسکراتے ہوئے آہستہ سے کہا۔ اور ساتھ سادھو سنگھ کے خیر مقدم کے لیے کھڑا بھی ہو گیا۔

چارپائی پر چوکور کھیس بچھا کر، پھولوں والا تکیہ رکھ کر اندر آواز لگائی۔" بہو! لا دودھ کا کٹورا اور کچھ کھانے کو۔ سادھو سنگھ آئے ہیں۔ ساتھ ہی اِدھر اُدھر کی باتیں چھیڑ دیں۔

وہ دونوں بھائی سادھو سنگھ کو بات کرنے کا موقع ہی نہیں دے رہے تھے۔ وہ کہتے جاتے، بھائی تو کچھ کھاتا ہی نہیں۔ تو تو بنیوں کی طرح کھانے والی چیز کو چھو کر وہیں رکھ دیتا ہے یہ دو دانے بھی تجھ سے کھائے نہیں جاتے۔"

سادھو سنگھ کے سامنے تو بھابھی تیج کور کمر پر ہاتھ رکھ کر کھڑی تھی اور گرجتی آواز میں کہہ رہی تھی۔ تو سندھو سردار ہے اور لڑکے کا چچا۔ بات کر ٹھوک کر۔" اس خیال کے آتے ہی جیسے سادھو سنگھ کو لگا جیسے بات کرنے کا سرا مل گیا۔

" بھائیا جی۔ بات بہت چھوٹی ہے اور شرم بھی بہت آتی ہے۔ شنگارا بچہ ہے نہ ہم سے ہو گئی غلطی۔ بچھڑا کھول کرے آیا ہے۔ اب اُس کا دل بہل گیا ہوگا۔ مجھے بچھڑا لوٹا دو۔ سورج ڈوبنے سے پہلے گھر پہنچ جاؤں۔ گھر والے انتظار کر رہے ہوں گے۔"

" سادھاسیاں بچھڑا کتنے کا لایا تھا؟" شنگارے کے چچا نے مسخری کرتے ہوئے کہا۔

" یہی اَسی نوّے کا ہوگا۔"

" دوستا، تو ہم سے سوا سو لے جا۔ لڑکے کو بچھڑا اچھا لگا۔ وہ لے آیا۔ نیا بھائی۔ بچے کا دل کیسے توڑ دیں۔ شنگارا ہمارا بھی بیٹا ہے، تمہارا بھی بچہ ہے۔"

جاگر سنگھ کی نرم اور پیار بھری باتیں سُن کر سادھو سنگھ کے دل میں آیا۔ سوا سو روپے لے کر لوٹ جاؤں۔ کیا ضرورت ہے سمبندیوں کے ساتھ فضول جھگڑا کرنے کی۔ لیکن اسی وقت اُسے بھابھی تیج کور یاد آگئی۔ "ارے تم سند ھو ہو یا جولاہے۔ سوا سو روپے کو سر پر مارنا ہے۔ یہ تو اپنا مُنہ کالا کرنے والی بات ہے اور بھائی کے ماتھے پر کالا ٹیکا۔۔۔ کہاں مل گیا مجھے یہ جولاہوں کا خاندان؟ اس خیال کے آتے ہی سادھو سنگھ کی روح کانپ گئی۔ اُس نے کہا۔ بھائیا جی آپ کی مہربانی سے روپوں کی کمی نہیں ہمیں تو یہ بچھڑا چاہیے۔"

جیت سنگھ اور اُس کی بیوی بال کور نے بہت کوشش کی کہ سادھو سنگھ روپیہ لے کر لوٹ جائے۔ لیکن بات بنتی نظر نہ آئی۔ سادھو سنگھ خالی ہاتھ گردن لٹکائے گاؤں لوٹ آیا۔

سادھو سنگھ کے آنے سے پہلے تیج کور کئی چکر لگا چکی تھی۔ اس کے دل میں اُبال اُٹھ رہے تھے اُس کا جی چاہتا، ابھی گھوڑی پر کاٹھی رکھوا سمبندیوں کے گھر پہنچ جائے۔ لیکن مردوں کے کام مرد ہی کرتے اچھے لگتے ہیں۔ عورتوں کے کرنے سے گھر کی بدنامی ہوتی ہے۔ تیج کور آنگن کے بیچ دبیچ چارپائی بچھا کر دروازے کی طرف دیکھ رہی تھی۔ اسے ایسا لگا جیسے اُس کی گردن اکڑ گئی ہو۔

سادھو سنگھ نے آکر ساری بات بتائی۔ تیج کور دیور کی بات سُن کر گرج پڑی۔ "ایک تو چوری اوپر سے سینہ زوری۔۔۔ یہ ہمارے رشتہ دار ہیں، بے شرموں کو شرم نہیں آئی۔ بھئی کس کے ساتھ بات کر رہے ہیں۔ کنجروں نے آنکھیں ماتھے پر لگالی ہیں۔ کہتے ہیں۔ منی رستے پر چڑھ کر ناچ رہی تھی۔ اس کا سسر آ گیا تو گردن جھکا کر نیچے اُتر آئی۔ لیکن ان بڑے سرداروں کو شرم نہ آئی کہ سمبندی خاص دس کوس چل کر آیا ہے۔ بڑا بھائی کیا اور چھوٹا بھائی کیا۔ لڑکی تو اسی حویلی میں دی ہے۔ ذیلداروں کی حویلی۔"

پورو بے بے کی گرجتی آواز سُن کر سہم گئی۔ اس کا جی چاہتا۔ سامنے کنوئیں میں چھلانگ مار کر مرجائے۔ جا۔۔۔ وہے شنگاریا تیرا بیڑا غرق ہو۔ لسی لسائی کے آگے کانٹے بچھا گیا ہے۔۔۔ اتنے میں پھر بے بے کی رعب بھری آواز آئی۔ سویرے ہی ماں اور دلیپا گھمی جائیں گے۔ کیسے نہیں دیتے بچھڑا۔۔۔؟

سویرے ہی ماں بیٹے بیٹیا گھوڑیاں کس کر نکل پڑے اور دوپہر سے پہلے سمبندیوں کی حویلی کے آگے جا گھوڑیاں کھڑی کر دیں۔

تیج کور کو دیکھ کر ایک بار تو شنگارے کی ماں کا کلیجہ سکڑ گیا۔ لیکن ساتھ میں جب اپنے داماد دلیپ سنگھ کو دیکھا تو ٹھنڈی سانس بھرتے ہوئے دل میں کہا۔ "ہے تو پاگل شیرنی۔ ساتھ میں لڑکا ہے کچھ تو شرم کرے گی۔"

شنگارے کی ماں دوڑ کر سمدھن کے گلے لگی۔ پھر اس نے تیج کور کے پاؤں چھوئے۔

گھر میں بھگدڑ مچ گئی۔ آنگن میں چارپائیاں بچھائی گئیں۔ آدمی اپنے گھر میں کتنا ہی دلیر کیوں نہ اچانک دشمن آجائے تو ہاتھ پاؤں پھول ہی جاتے ہیں۔

اس سے پہلے کہ شنگارے کی ماں سمدھن کے گھر کی راضی خوشی پوچھتی، تیج کور نے بھاری آواز میں کہا۔

"دیکھ بی بی، ہمارے گھر والوں کا یہ دوسرا بچھڑا ہے سمبندھی پن کا رشتہ ہوتا ہے، پھولوں کی سیج جیسا، ایسا نہ ہو کہ ہمارے گھروں کی خوشبو جاتی رہے اور بدبو پیدا ہو جائے۔ ہمارا بچھڑا لوٹا دو۔ اس میں ہی بھلائی کی بات ہے۔"

"بی بی تو کس طرح کی بات کرتی ہے؟ نہ ہم کہیں بھاگے جا رہے ہیں، نہ بچھڑا۔ دونوں طرف ایک ہی گھر ہے۔ پہلے پانی دھانی پی۔ پھر بات کرتے ہیں۔"

سردارنیے بات ختم ہوتی ہے بچھڑے پر آ کر۔ پہلے بچھڑے کی بات کرو۔۔۔" تیج کور نے ذرا نرم ہو کر کہا۔

"بی بی تو کس طرح کی باتیں کرتی ہے، میں نے سادھو سنگھ سے کہا تھا۔ بھئی گنگا گئی ہڈیاں کبھی نہیں لوٹتیں۔ ہم سے دگنے پیسے لے جاؤ، اگر ہم منکر ہوں تو ہمارا قصور ہے۔ لڑکا تھا انجان مورکھ۔ اس نے کر لی ہے غلطی اس کو دو معافی اور دگنی رقم لے جاؤ۔ آپ ہو ہمارے سر کے صاحب۔۔۔"

"بھائیا جی آپ کو ہزار دو ہزار کی ضرورت ہو، ایک بار اشارہ کرو، اسی وقت حاضر نہ کروں تو کہنا گل سرداروں کی بیٹی نہیں تھی۔ ہم گنگا سے ہڈیاں ڈھونڈنے نہیں آئے، ہمیں تو اپنا وہی بچھڑا لے کر جانا ہے۔ ایسا نہ ہو جس گھر میں ہڈیاں گئی ہیں ہمیں اس کا منہ ہمیشہ کے لیے بند کرنا پڑے۔"

بھائیا جی۔ رشتے داری گھس گئی جہاں سے نکلی تھی۔ تم نے سوچا۔ سارے سندھو بھائی الگ الگ ہیں۔ باری باری ان سے نپٹ لو۔ ہم خون پی جائیں گے اگر ہمارا بچھڑا نہ لوٹایا۔" دلیپ سنگھ نے

رعب میں آکر اپنا بازو اس طرح ہلایا کہ اس کی ساس کے ہاتھ میں پکڑا ہوا دودھ کا کٹورا فرش پر گر پڑا۔

دودھ کا اس طرح گرنا ورک سرداروں کے لیے بے عزّتی کی بات تھی، اور وہ بھی ان کے اپنے گھر میں، جہاں ہر ہر کھونٹی پر کرپان لٹکتی رہتی ہے۔ سردار جیت سنگھ نے گھورتے ہوئے داماد کی طرف دیکھا اور دل میں آیا' اس کمبخت کی گردن اُتار دے۔'

" اوے ہماری کوئی عزت آبرو نہیں؟ کیسے ہاتھ مار کر دودھ آنگن میں بکھیر دیا۔ اگر ہماری ایک بیٹی بیوہ ہوگئی، ہم ان کی چاکر آمیں گے۔ ایک لمحے میں ہی جیت سنگھ کے دماغ میں سارے نقشے گھوم گئے'، اس سے پہلے کہ وہ منہ سے کوئی بات نکالتا، سردارنی تیج کور نے اُٹھ کر اپنی ریشمی چادر سے سمدھن کا بازو صاف کیا۔ پھر فرش پر بیٹھ کر اپنی اُسی چادر کے ساتھ فرش صاف کرنے لگی اور کہا۔

سردار نیئے' غصہ نہ کرنا! لڑکے سے ہوگئی ہے غلطی اور ہاتھ جا لگا ہے کٹورے پر۔"

بی بی کوئی بات نہیں، جیسا تسنگارا ویسا دلیپ سنگھ، آپ فرش کیوں صاف کرتی ہیں۔ تیج کور کو بازو سے پکڑ تسنگارے کی ماں نے آواز دی۔" نی رُکو۔ آکر فرش صاف کردے اور ساتھ ہی تیج کور کی چادر نل کے نیچے دھونے چلی گئی۔

سامنے بیٹھا جیت سنگھ حیران تھا۔" ارے اتنی ظالم عورت کو بیٹے کی چھوٹی سی غلطی نے پل بھر میں پگھلا کر موم بنا دیا ہے۔ اگر کچھ اناپ شناپ بولتی' دونوں ماں بیٹے کے سر اُتار دینے تھے۔ پھر دیکھ لیتے سندھو سرداروں کی سرداریاں۔ اتنے میں تیج کور نے سمدھن سے چادر پکڑتے ہوئے' دلیپے کی طرف دیکھتے ہوئے کہا۔ "اُٹھ کیسا چوڑا ہو کر بیٹھ گیا ہے۔ ابھی کچھ اور بے عزّتی کروانی باقی ہے۔"

تسنگارے کی ماں نے لاکھ منتیں کیں۔ بیچ بیچ میں جیت سنگھ نے بھی کہا۔ بی جی چھوڑو غصہ کیا ہوا اگر لڑکے سے دودھ گر گیا ہے۔ پانی تو پیو۔"

بھائیا جی۔ ہم نے آپ کا دودھ بھی پیا ہے اور ساتھ ہی اور بھی بہت کچھ کھایا ہے۔" یہ بات کہہ کر تیج کور لال سُرخ آنکھوں کے ساتھ سب کو دیکھتی ہوئی بیٹے کو بازو سے پکڑ کر کھینچتی حویلی سے باہر نکل گئی۔

تیج کور صبح سے بھوکی تھی۔ اس کی آنکھوں سے انگارے برس رہے تھے۔ اُس کا دل کر رہا تھا

سامنے کھڑے لوگوں کو پھاڑ کھائے۔ لیکن پھر بات بس سے باہر ہو جاتی۔ اُس نے سوچا۔ ایک بے شرم ہو جائے تو دوسرے کو بھی شرم کرنی چاہیے۔ جمادارون کی طرح سمدھیوں کے گھر سے طعنے کھا کر، ہاتھا پائی کر کے نکلوں؟ بے موسم کی گرجتی گھٹائیں طوفان بن کر چھائیں لیکن ہوا کے تیز جھونکوں نے انہیں آگے دھکیل دیا۔ گہری شام کے وقت دونوں ماں بیٹے گھر پہنچے۔ آگے حویلی کے سارے لوگ سانس روکے انتظار کر رہے تھے۔ پورو کا دل گھبراہٹ سے بیٹھا جا رہا تھا۔ پتہ نہیں بی بی آتے ہی کون سا بم گراتی ہے؟

"بھابھی جی کیا کر کے آئی ہو؟" سادھو سنگھ نے چاروں طرف پھیلی چُپ کو توڑتے ہوئے کہا۔ تیج کور نے ایک بار گھور کر سب لوگوں کی طرف دیکھا۔ اور ناک چڑھا کر کہا۔ بنا کر آئی ہوں اُن کنجروں کا سر۔ دہائی رب کی۔ ان جیسی کُتی ذات کہیں نہیں دیکھی۔ سارے خاندان کی آنکھوں میں سُور کا بال ہے۔ بے شرم اور بے لحاظ زمانے بھر کے، اور پھر کیسے چوڑے ہو کر کتر کتر باتیں کرتے ہیں۔

"ہم سے دُگنی تگنی رقم لے جاؤ۔ جیسے اُن کے گھر سے بھیک مانگنے آئی ہوں کُتے۔ بچھڑے کا تو نام ہی نہیں لیتے .... سادھیا آج اُن کے صحن میں خون ہو جاتا۔ ساتھ ہی کنجروں کی اوقات کا دنیا کو پتہ چل جاتا۔ گھر آئے سمدھن اور داماد کو مار ڈالا۔" تیج کور ایک پل کے لیے اپنی سانس ٹھیک کرنے کے لیے رُکی۔ "تم اٹھا لاتے ماں بیٹے کی لاشیں۔ تمہارے بازوؤں میں دم ہوتا تو اُتار لیتے بھابھی اور بھتیجے کا بدلہ۔" یہ بات کہتی تیج کور ایک بار پھر رُکی۔ "سادھیا واہیگورو نے ایک بار کر دیا ہے بچاؤ۔ اچھا ہوتا اگر دو سِروں سے بات نپٹ جاتی۔ پتہ نہیں اب کس کس کی بلی دی جانی ہے؟ سو بار تیرے بھائی سے کہا، ہم نے ورکوں کے گھر کا رشتہ نہیں لینا۔ چور اور بے لحاظ زمانے بھر کے ...."

حویلی میں قبرستان جیسی خاموشی چھا گئی۔ کسی طرف سے کوئی آواز نہیں آتی تھی۔ پورو کا دل کرتا، اپنے آدمی سے پوچھے کہ کیا بات ہوئی ہے، لیکن ڈرتی تھی۔ جرأت نہ پڑتی تھی کہ ذرا آگے بھی ہو۔ اس نے سوچا واہ رے شنگارے، بستی ہوئی چھوٹی بہن کے گھر کو آگ لگا دی ہے۔ اب ایک دو جانیں لے کر ہی فیصلہ ہونا ہے۔ بے بے کی کھینچی لکیر کو کون پار کر سکتا ہے؟ سچے پاتشاہ! مجھے بیچ میں سے اٹھا لے، مجھ سے یہ ظلم نہیں سہے جاتے۔ ایک طرف شوہر، دوسری طرف بھائی۔ کس کا کٹا سر

دیکھوں گی۔ یہ بات سوچتے سوچتے پورو کے آنسو نکل پڑے۔ اور اُس نے اچانک دیوار سے ٹکر ماری جس کی آواز تیج کور نے سُن لی۔ اور پورے رعب میں آکر کہا۔ کیوں لگی ہے ہمارے سر چڑھ کر مرنے جا کر مران چور بٹر وُوں کے گھر، جنھیں بہن کے گھر میں چوری کرنے میں لاج نہ آئی۔

بے بے جی اب میرا مرنا مائکے گھر میں ہی ہوگا۔ میری مُکتی پتہ نہیں واہگورو کب کرے گا۔ بُرے کرم کر کے آئی ہوں۔ ایسا کہتے کہتے پورو کی دہاڑ نکل گئی۔

ایک آدمی کے کیے کرموں کا سارے خاندان کو دُکھ بھوگنا پڑتا ہے۔ اگر تو در کوں کی بیٹی ہے تو ہم بھی سندھو ہیں۔ اپنی ہار ہوتی دیکھ کر موت کو بھی خرید سکتے ہیں۔ جانتی ہوں کہ پانی سر سے گزر گیا ہے۔ تیرے باپ کی نظروں سے پہچان گئی تھی۔ وہ تو لگا تھا داماد کا سر اتارنے۔ بی بی آگ تو اب لگی ہے۔ دیکھیں دلیپا مرتا ہے یا تسنگارا۔"

"بے بے جی آپ بڑے ہو۔ ایسی بات مُنہ سے نہ نکالو۔ ارداس کرو کہ میں مر جاؤں اور دونوں طرف ٹھنڈ پڑ جائے۔"

تیج کور بہو سے شکوے کرتی اور طعنے مارتی ایسے سوچ رہی تھی جیسے ترکش میں سارے تیر ختم ہو گئے ہوں، اور وہ نہتی ہو کر در کوں سے مار کھا رہی ہو۔ اتنے میں اُس نے دلیپ سنگھ کو آواز دی۔

"ارے دلیپا۔ میں لگی ہوں پورو کو تیار کرنے۔ اسے چھوڑ آ ماں باپ کے دروازے۔ یہ ہمارے گھر نہیں بچ سکتی۔ دیکھ لوں گی بڑی آن والوں کو۔"

کر لے۔ کر اپنا سامان تیار۔ جو تیرا جی چاہے اُٹھا کر لے جا۔ تیرے ماں باپ یہ نہ کہیں، ہماری بیٹی کو ننگی نکال دیا ہے۔"

"بے بے جی۔ جب اپنا آدمی اور گھر ہی پرائے ہو گئے تو سلج شنگار میرے کس کام کا؟" ساتھ ہی پورو نے دلیپ سنگھ کے قریب آکر کہا۔" سردارا کیوں لگا ہے مجھے پچھاڑ کر مارنے ہاتھوں سے میرا گلا گھونٹ دے۔ میں کورے کاغذ پر لکھ دیتی ہوں۔ کبھی میں خود پھانسی لگا کر مری ہوں۔ یہ سب کہتی پورو ساس کے پیروں پر جا گری۔

تیج کور نے پیر پیچھے کر لیے اور کڑکتی آواز میں کہا۔" اندھیر سائیں کا چوروں کی بیٹی کو گھر رکھ لوں۔" اتنا کہتی

ہوئی تیج کور باہر نکل گئی
سارے گاؤں میں دہائی مچ گئی۔ گھر گھر تیج کور اور ورک سرداروں کی باتیں ہوئیں۔ براہمنوں کے پیپل کے نیچے جڑی بیٹھک میں کوئی نئی افواہ سننے کے لیے کان کھڑے رہتے۔

"کیوں جوان۔ سُنا ہے سردارنی تیج کور کو سمدھیوں نے خالی ہاتھ لوٹا دیا ہے؟"

اور کیا اُسے ہاتھی پر چڑھا کر بھیجتے۔ بیلی براہمن نے حقہ کا کش کھینچتے ہوئے کہا۔

گئی تھی چوڑی ہوکر، لڑکے کو ساتھ لے کر۔ بھئی میں بیٹے والی ہوں۔"

"اوے پنڈتا۔ بیٹیاں پیدا ہو جائیں تو اس کا یہ مطلب تو نہیں کہ سمدھیوں کے غلام ہو گئے۔ بیٹے والے چھاتی پر چڑھ کر ناچیں اور بیٹی والا نیچے سے اُف نہ کرے۔ یہ کہاں کا انصاف ہے؟ گئی تھی بھنگیوں کی توپ بن کر، ورکوں کا قلعہ جیتنے۔ اگلے نے مُنہ گھما کر رکھ دیا ہے۔" دلّو مراثی نے چلم میں آگ کو ہلاتے ہوئے کہا۔

"بھئی بیلی رام۔ اگر یہ سندھو ہیں تو وہ بھی ورک سردار ہیں۔ جنھوں نے بار میں جنگلیوں کے مُنہ توڑ دیئے تھے۔ بات ساری ہے خودداری کی...."

"سُنا ہے دلیپ کا سُسر کہتا تھا جو گنے پیسے لے لو۔ ہماری سردارنی بھی اَڑیل گھوڑی ہے۔ جو کھڑی دولتی مارنے لگ جاتی ہے۔"

ہے تو عورت خوددار۔ لیکن بھئی ہر جگہ خودداری کی بات کو لے کر مورچہ لگا کر بیٹھ جانا بھی تو عقلمندی نہیں۔"

"بھائی۔ بات اچھی نہیں ہوئی۔ ورک پھر بھی بیٹی والے تھے۔ بچہ لوٹا دیتے۔ تب کون سی گولی چل جاتی تھی۔ بیٹیوں والے ہمیشہ جھکتے آئے ہیں۔ کھوڑے نائی نے مراثی کی طرف دیکھتے ہوئے کہا۔

"جا...اوئے کسی کا مُنہ سر مونڈ رہا۔ یہ باتیں ہیں گھرانوں کی۔ وہ نائی مراثی نہیں جو چھوٹی چھوٹی باتوں پر سرداریاں قائم رہنے کے سوبلے گانے پھریں گے۔ سننے میں آیا ہے دلیپ کا سُسر تو داماد کو گھر کے آنگن میں ہی جھٹکانے لگا تھا۔ سردارنی بیچ میں کھڑی ہو گئی تو بچ گیا۔ جا کر دیکھ ذیلداروں کی حویلی میں کیسا مہابھارت مچا ہوا ہے۔ سردارنی مُنہ سے آگ اُگلتی پھرتی ہے۔"

ہم ہیں مراثی ۔ دھرتی تال کی خبریں رکھنے والے۔ہماری کہی بات کبھی جھوٹی نہیں ہوئی۔یاد رکھنا دونوں طرف سے ایک آدھ کی ٹکر ضرور ہوتی ہے۔۔۔۔۔ ورک بڑی طاقت والی ذات ہے۔یہ سندھو ہوگئے ہیں بنیے' پیسے کے پیر، ہری مرچ اور پیاز بیچنے والے۔"

اچھا بابا۔جو ایشور کرے۔شام ہو چلی ہے۔چل کر روٹی پانی کریں۔" بیلی براہمن اپنی چھاری سنبھالتا اٹھا تو سب چیونٹیوں کی طرح پیچھے ہو لیے۔

سورج اُگنے سے پہلے ہی تیج کور نے بہو بیٹے کو تیار کر دیا۔ دو گھوڑیاں' ایک پر دلیپ دوسری پر روتی دھوتی پورو اپنی بچی کو چھاتی سے لگا کر بیٹھ گئی' اور جاتی بار اونچی چیخ مار کر کہا۔ بے بے جی میری بھول چوک معاف کر دینا۔اس بھرے پُرے گھر سے میرا ان دانا ہمیشہ کے لیے ختم ہو گیا ہے۔"

پورو کی منت بھری بات سن تیج کور نے ناک چڑھاتے ہوئے کہا" غلطیاں لپنے باپ اور بھائی سے جا کر معاف کرا۔تو ان کے سر چڑھ کر ہی چلی ہے۔"

گھمنی میں شور مچ گیا کہ شیر سنگھ ورک کا داماد اس کی بیٹی کو لوٹانے آیا ہے۔لڑکی سر پہ ہاتھ دہاڑیں مارتی حویلی میں آگئی ہے۔۔ واہیگورو تیرے رنگ نیارے۔چھوٹی سی بات پر دونوں گھروں میں بڑی دراڑ پڑ گئی ہے۔

دلیپ سنگھ کو اس کی ساس نے بازو سے پکڑ کر اندر کھینچتے ہوئے کہا" آمیرا سیانا پتر۔ پانی پی کر جانا، اتنا راستہ چل کر آیا ہے۔" لیکن وہ گھوڑی کی نیام پکڑے حویلی کے باہر والے دروازے پر ہی کھڑا رہا اور اس نے اپنے منہ سے کوئی بات نہ نکالی۔

پورو لڑکی کو چھاتی کے ساتھ لگا کر کھڑی کبھی اپنے باپ کی طرف دیکھتی، کبھی اپنے پتی کی طرف ۔ دونوں چپ تھے۔کسی کو کوئی بات نہیں سوجھ رہی تھی۔ اتنے میں چین سنگھ کا باپ بابو بوڑھ سنگھ آ گیا۔جس کی سفید اور سیدھی لمبی داڑھی،اچھی طرح سے تکھی کی ہوئی مونچھیں، پگڑی میں سے جھانکتا ننگا جوڑا، لگتا تھا باپو اصلی ورک ہے۔اس نے ساری بات جانچتے

ہوئے زمین پر گھونسٹا مارا اپنی بہو کی طرف منہ کرتے ہوئے کہا۔ ارے لڑکیو۔ کیوں ! او بے شرم آدمیوں کی منت کرتی ہو۔ جا او ے لڑکے۔ دوڑ یہاں سے۔ جو تم نے ہمارے ساتھ کیا ہے' اچھا ہی کیا ہے۔ تم نے ہماری پگڑی پر ہاتھ ڈالا ہے۔ اوے سمجھوں گا۔ پوتی بیوہ ہو کر گھر آ بیٹھی ہے۔ یہاں پہلے اتنے جنے پل رہے ہیں۔ یہ دونوں ماں بیٹی بھی پل جائیں گے۔ تو چھوڑ چلا ہے میری بیٹی کو ہمارے دروازے پر۔ دیکھنا کیا ہوتا ہے۔ تمہارے کیے کا مول ادا کر دیں گے۔ تم لوگوں نے میری داڑھی کھینچی ہے۔" پاس کھڑے سب ڈر رہے تھے۔ بات تو پہلے ہی بگڑ چکی ہے۔ اگر باپو نے دلیپ کی گردن پر گھونسٹا جڑ دیا تو کسی جگہ منہ دکھانے کے لائق نہیں رہیں گے۔ جیت سنگھ نے دلیپ کو بازو سے پکڑ کر ہلاتے ہوئے کہا۔" ا

" اب بندے کا پتر بن کر چلا جا یہاں سے۔ بہت ہو گئی ہے ہمارے ساتھ۔"

پورو کو میکے آئے چھ مہینے ہو گئے تھے۔ تناؤ کچھ کم ہو گیا تھا۔ لیکن فکر دونوں طرف کے لوگوں کو کھائے جا رہی تھی۔ کوئی نہ کوئی بات سندھوں کی ورکوں کو سنا جاتا اور ورکوں کی سندھوؤں کو دونوں طرف کے لوگ گھر بیٹھے کبھی کبھار اچھل پڑتے۔ فکر پیچھا نہ چھوڑتی۔ لیکن غلطی کوئی نہ مانتا۔ بات ساری بچھڑے کی تھی۔ اور بچھڑا بن گیا دونوں گھروں کی خودداری کا سوال۔

باپو بوڑ سنگھ کا بوڑھا بھائی جگت سنگھ خبر لینے آیا۔ سردی کا موسم' میدان میں چارپائیاں بچھی تھیں۔ تایا جگت سنگھ نے ساری بات سن پاس بیٹھے سارے لوگوں کی طرف دیکھ کر کہا۔

اوے بوڑ سیاں' تو بڑا بوڑھا ہو کر لگا ہے دونوں گھروں میں جلتی پر تیل ڈالنے۔ مار دینا ہے تمہاری ضدوں نے لڑکی بیچاری کو۔ بندے بنو اور میرے ساتھ کر و وداع بی بی پورو کو۔ میں اس کو آپ جا کر چھوڑ آتا ہوں، بیٹیوں کا گزارا کبھی مائیکے میں نہیں۔ چاہے راجے کی کیوں نہ ہو۔"

تاؤ تو جو سزا دے گا مان لیں گے۔ لیکن بچھڑا لوٹانا ہمارے بس سے باہر کی بات ہے۔ بوڑ سنگھ نے تمک کر کہا۔

اگلے دن باپو جگت سنگھ اور پورو کو شنگارے کی ماں نے تیار کر دیا۔ بیل گاڑی بھر کر کتنا کچھ ساتھ دے کر وداع کیا۔ بیٹی چھ مہینے بعد سسرال جا رہی تھی۔ ساتھ دو نوکر بھیجے۔ ایک لڑکی کو ام اٹھائے گا اور دوسرا لوٹتی بار پورو والی گھوڑی لیتا آئے گا۔

سردارنی تیج کور نے گھر آئے سمدھی کی پوری آؤبھگت کی اور ہاتھ پیر جوڑ کر لڑکی کو گھر میں چھوڑ کر جگت سنگھ دوسرے دن اپنے گھر چلا گیا۔ ایک بار پھر دونوں طرف سُکھ کی سانس آئی۔

تیج کور کو ساری رات نیند نہیں آئی۔ اس کی مٹی میں سے ساری گولیاں ختم ہوگئی تھیں۔ وہ سوچتی اگر سردار جگت سنگھ کو پورو کے ساتھ لوٹا بھیجتی تو بھی بڑی بے عزتی والی بات تھی۔ اتنا ہونے پر بھی بات وہیں کی وہیں ہی رہی۔ جیت تو ہوگئی ورکوں کی جنھوں نے اپنی طاقت کے زور سے بیٹی بسالی اور بچھڑا بھی نہیں لوٹایا۔ اس خیال کے آتے ہی اُس کا کلیجہ جل اُٹھتا۔ اُسے اپنے چاروں طرف آگ لگی ہوئی معلوم ہوتی۔ اس حالت میں کس کو نیند آتی ہے؟

پورو کو سسرال آئے دو ایک مہینے گزر گئے تھے۔ ورک خوش تھے کہ سب طرف سے راحت مل گئی۔ لڑکی اپنے گھر سُکھ سے بستی ہے۔ لیکن تیج کور کے دل میں تو آگ کے بھبوکے اُٹھ رہے تھے۔ اُس کو یہ بھی پتہ لگ گیا تھا کہ پورو کے گھر پھر بچہ ہونے والا ہے.... بچہ ہونے والا ہے تو کیا ہوا؟ خود دار سردارنی کے سامنے یہ کوئی رکاوٹ نہیں تھی۔ وہ جانتی تھی کہ گاؤں کی نظروں میں ہی نہیں علاقے بھر کی نظروں میں حویلی کھنڈر ہوکر رہ گئی ہے۔

ایک دن سویرے سویرے تیج کور پھر جوش میں آگئی اور اس کے گرجنے کی آواز سُنائی دی وہ دلیپ سنگھ سے کہہ رہی تھی

"پورو کو میکے چھوڑ آ۔ ہم نے اسے اپنے گھر نہیں رکھنا۔"

بھابھی کی تیکھی آواز سُن کر سادھو سنگھ دوڑا آیا۔ اُس وقت وہ کہہ رہی تھی۔ دلیپا کہنا مان اور بہو کو مائیکے چھوڑ آ۔ ہم نے ورکوں کی بیٹی گھر نہیں رکھنی۔" وہ بیٹے کو اس طرح سمجھا رہی تھی۔ جیسے لڑکا دوکان سے غلط چیز لے آیا ہو اور وہ اُسے لوٹانے کے لیے زور دے رہی ہو۔

سادھو سنگھ بھابی کے سامنے ہاتھ جوڑ کر کھڑا ہو گیا اور کہنے لگا۔ "بھابھی آپ کو بابے نانک کا واسطہ، اور نہ میرے سر میں خاک ڈلوا۔ کیوں لگی ہے میرے سر پر باپ کی گھڑی باندھ کر رکھنے؟ پہلے ہی ہمارے ساتھ بہت ہوگئی ہے۔ نہ کرا اور ہماری بدنامی سارے علاقے میں۔ میں ساٹھ روپؤں کا بچھڑا کیا ہے آیا۔ دونوں گھروں کے لیے وہ یم بن کر کھڑا ہوگیا ہے۔ رہنے دے بی بی کو اپنے گھر... ہائے او ے میرے واہیگورو۔ میں کہاں جا کر ڈوب مروں۔"

" سادھیا توجہاں بیٹھا ہے، بیٹھا رہ۔ ڈوب کر مرتی ہیں عورتیں۔ جالوں کا بیٹا ہو کر چھوٹی سی بات پر مرنے چل پڑا ہے۔ اُٹھا کلہاڑی اور کھول لا دو رکوں کے گھر سے کپڑا۔ پتہ چلے کہ سندھوؤں کے گھر ایک تو شیر پُتر پیدا ہوا ہے۔۔۔ حویلی کی چاہے اینٹ سے اینٹ بج جائے، میرے گھر میں چوروں کی بیٹی کا بسیرا نہیں ہو سکتا۔ لوگ کتوں کی کون سی بات ہے۔ خود ہی بھونک بھونک کر چُپ ہو جائیں گے۔ میرے بیٹوں، میرے دیوروں، میرے بھتیجوں نے نہ چوری کی ہے، نہ سیندھ لگائی ہے۔ شریف گھروں کے بیٹے شریف بن کر رہیں گے۔ کرتا دلیپ سنگھ شنگارے جیسی حرکت، میں کھال نہ اُدھیڑ دیتی تو گل سرداروں کی بیٹی نہ کہتے۔ لوگ کہتے ہیں چور کو نہیں چور کی ماں کو مارو تاکہ دوبارہ کوئی چور پیدا نہ کرے۔ لگا ہے میرے سامنے مراثیوں کی طرح ہاتھ جوڑنے۔۔۔ بڑا۔۔۔۔ "

دلیپے نے پورو کے ساتھ جانے سے انکار کر دیا تو پورو کا چھوٹا دیور جانے کے لیے تیار ہو گیا۔ وہ دلیپے سے چھ اُنگلی اونچا بھی تھا اور دوہرے بدن کا بھی۔

روتی بلکتی پورو پھر ماں کے دروازے پر آ کھڑی ہوئی۔ بیٹی کی حالت دیکھ کر ماں دونوں ہاتھوں سے سر پیٹنے لگی۔ اپنی چھاتی پر دوہتڑ مارتے ہوئے اس نے کہا۔ ہائے وے لوگو پچھاڑ کر مارنے لگا ہے میری بیٹی کو بھیڑیوں کا خاندان۔" پُورو کی ماں کی چیخیں سُن کر گھر اور باہر کے لوگ اکٹھے ہو گئے۔

دلیپے کے بھائی نے ایک گھوڑی پر چھلانگ لگائی اور دوسری کی لگام سنبھالتا تو دو گیارہ ہو گیا۔

گھر میں ایک بار پھر کہرام مچ گیا۔ بابو بوڑ سنگھ اپنے ہاتھ کو بار بار دانتوں تلے کاٹتا اور کہتا۔
"اوے گِتّو۔ تم نے لڑکے کو بھاگنے کیوں دیا؟ چھین لیتے دونوں گھوڑیاں اور اس کنجر کے پُتر کی مشکیں باندھ پھینک دیتے آنگن میں۔ جب کوئی چھڑانے آتا تب دیکھ لیتا۔ پہلے اُنھوں نے کون سی ہماری ٹانگ توڑ دی ہے۔ بڑی چوٹ جو اُن کنجر کے پُتروں نے مارنی تھی مار لی۔"

بوڑ سنگھ کو بار بار اپنے بھائی جگت سنگھ پر غصہ آتا اور کہتا۔" اوے بھائی جگتیا تو نہ بیچ میں پڑتا تو ہم پر یہ قہر نہ ٹوٹتا۔ دو ہزار روپے لگا کر چھ مہینے نہیں ہوئے ہیں بیٹی کو وداع کیے، اگلوں نے ڈکار نہ مارا اور لگا دی ہے ہمارے دروازے پر آگ۔

چیت سنگھ گھونٹا اکھاڑتے بابو بوڑ سنگھ کو مشکل سے کھینچ کر اندر لے گیا۔ کچھ دیر بعد اپنے

آپ خاموشی چھا گئی۔ پورو بے ہوش سی ہو زمین پر لڑکی کو چھاتی پر رکھ کر لیٹ گئی۔ گھر کا ہر فرد شمشان میں جلتی ہوئی لاش کی طرح اندر سے جل رہا تھا اور لگتا تھا گھر کے تباہ ہونے کے دن نزدیک آ گئے ہیں۔

ایک بار پھر دونوں طرف کا ماحول یوں پُرسکون ہو گیا، جیسے لمبی بیماری کے بعد گھر کا کوئی آدمی مر گیا ہو۔

کچھ مہینوں کے بعد شام کے وقت تیج کور دودھ سمیٹ کر اندر آ ئی ہی تھی کہ حویلی کے دروازے کو آ کر کسی نے کھٹکھٹایا۔ گوپال سنگھ اور تیج کور دوڑ کر باہر آئے۔ اندھیرے میں گھوڑے پر چڑھا کوئی انجان آدمی لگتا تھا۔ اُس آدمی نے گھوڑے سے اترے بنا کہا۔ " سردار جی! میں لکھنی سے آیا ہوں بی بی پورو کے گھر بچہ ہوا تھا۔ لیکن واہیگورو کی مرضی۔ ماں بیٹا دونوں پورے ہو گئے ہیں۔ سویرے سنسکار کرنا ہے۔"

یہ سُن کر تیج کور کے پاؤں تلے سے زمین کھسک گئی اور اس نے لوٹتے ہوئے آدمی کے گھوڑے کی لگام پکڑ کر ہاتھ جوڑتے ہوئے کہا۔

" سوہنیا، دیکھ میرے ہاتھوں کی طرف۔ ورک سرداروں کو میری طرف سے ہاتھ جوڑ کر کہنا کہ میرے آنے سے پہلے میرے بہو اور پوتے کا سنسکار نہ کریں۔ ہم پہنچے کہ پہنچے۔"

نوکر نے پیٹھ گھمائی اور سردارنی نے اُسی آواز میں " سیاپا " شروع کیا۔" ہائے وے لوگو۔ چلا گیا ہے میرا چاند سا پوتا ماں کے ساتھ ..... بنا شکل دکھائے۔"

حویلی اکٹھی ہو گئی، گاؤں اکٹھا ہو گیا۔ تیج کور سر پہ ہاتھ رکھ کر بلک رہی تھی۔ اس کا دوپٹہ زمین پر گر گیا۔۔ بال کھُل گئے۔ ساتھ ہی کہا۔" ہائے میں مر کیوں نہ گئی۔ ہنستا کھیلتا گھر اجڑ گیا ہے۔"

کچھ پلوں کے لیے سردارنی تیج کور ایک دم چُپ ہو گئی۔ اُس نے بوڑھی نائن اور جیوان میراثن سے کہا۔

" ابھی کھاؤں جگ رہا ہے۔ رشتہ داروں کو خبر کر آؤ۔ ارے سادھیا، ارے دلیپا، کسو گھوڑیاں، میں اب ایک پل نہیں رُک سکتی۔" سردارنی جگہ جگہ سب پر حکم چلا رہی تھی۔ حویلی میں بھگدڑ مچ گئی۔ رشتے دار، برادری کے لوگ گھوڑے اور بائیسکل لے کر حویلی کے سامنے آ کر اکٹھے ہو گئے۔

رشتے کی عورتیں، آدمی مُنہ جوڑ کر باتیں کرتے، لیکن سرداری کے سامنے کسی کی سانس بھی اونچا لینے کی ہمت نہیں تھی۔

چالیس پچاس لوگوں کا یہ قافلہ دن چڑھتے ورکوں کے گاؤں جا پہنچا، گھوڑے گھوڑیاں گاؤں کے باہر والے کنویں پر نوکروں کے پاس کھڑے کر دیے گئے۔ اپنی ریشمی چادر کو سنبھالتی آگے آگے چلتی سرداری تیج کور نے گلی کا موڑ مڑتے ہی باہیں پھیلا کر چیختی آواز میں کہا۔ "او ے لوگو۔ میں دن دہاڑے لٹ گئی۔ چلا گیا ہے سندھوؤں کا شیر پُتّر بنا کچھ دیکھے۔ مار دیا میرا شیر پوتا ان کی ضدوں نے۔"

بین کرتی ہوئی سرداری تیج کور کے مُنہ سے جھاگ نکل رہے تھے۔ چادر سرک کر اس کے کندھوں پر آ پڑی تھی۔ ڈیوڑھی میں چارپائی پر پڑے دونوں ماں بیٹے کے مُنہ سفید چادر سے ڈھکے ہوئے تھے۔ سرداری نے پورو کا مُنہ ننگا کر کئی بار چومتے ہوئے کہا۔ و ے لوگو۔ بس میں کر لی میری چندن کی گیلی۔ و ے بچے۔ دیکھ تو سہی کون آیا ہے۔ و ے بٹیا۔ تیری بارات کا وقت۔ و ے تاؤ اور چاچے۔ اس آواز کے ساتھ ہی تیج کور نے پورو کی چارپائی میں سر دے مارا اور ساتھ ہی لہو کی دھار سرداری کے ماتھے سے نکل کر پورو کی سفید چادر پر پھیل گئی۔ لوگوں نے سرداری کو بازوؤں میں بھر چارپائی سے دُور کیا۔ وہ کہتی جاتی۔ "مجھے کیوں نہیں کچھ ہو جاتا۔ پیچھے رہ گئی میں دُکھ بھوگنے کے لیے، چلی گئی میری گھر کی رانی، پُتّر کو ساتھ لے کر۔"

سرداری کے ماتھے کی چوٹ سے ابھی بھی لہو بہہ رہا تھا۔ وہ اپنی پوتی کو چھاتی سے لگائے اُس وقت تک گود میں لیے بیٹھی رہی۔ جب تک آدمی شمشان سے لوٹ کر واپس نہیں آ گئے۔

مہریاں اور گھر کا اوپر کا کام کرنے والی عورتیں روٹی تیار کرنے میں مصروف تھیں۔ تب پورو کی چاچی نے تیج کور کا ہاتھ پکڑ کر کہا۔ بی بی جو کچھ ہونا ہوتا ہے۔ اُس کے سامنے کسی کی پیش نہیں چلتی۔ واہیگورو کا حکم ایسا ہی تھا۔ اٹھ گھونٹ پانی کا پی۔ رات کے بھوکے اور راستہ دس کوس۔"

سرداری تیج کور نے پورو کی چاچی کی منت بھری بات سُن اُس کی طرف ایک گہری نظر سے دیکھا، کندھے کے ساتھ پوتی کو لگا کر اُٹھی اور ذرا سی رعب بھری آواز میں کہا۔ میری طرف کیا دیکھتے ہو چلو گھروں کو چلیں سندھو سردارو۔ ان کے گھر کا دانہ پانی ہمارے لیے پچھلے سال کا ہی ختم ہو چکا ہے۔"

گھوڑے گھوڑیاں ڈیوڑھی کے سامنے آ گئے تھے۔ تیج کور نے اپنی بھوری لال گھوڑی کے پاس

کھڑے ہو کر پاس والے لڑکے سے کہا۔ "پکڑ ذرا میری بٹی کو۔" اور خود رکاب میں پیر رکھ کر چڑھ گئی اور دونوں باہیں پھیلا کر کہا۔ "پکڑا رے میری بچی کو۔

سردارنی نے پونی کو چھاتی کے ساتھ دبوچتے ہوئے گھوڑی کو ایڑ لگائی اور ایک پل کے لیے پیچھے مڑ کر نہیں دیکھا کہ کون کون کھڑا ہے۔

گھوڑیوں کی اڑتی دھول میں سردارنی غائب ہو گئی اور ورک سردار بیٹھتی مٹی کو دیکھتے رہ گئے۔

پنجابی ثقافت کی کہانیوں کے دو مزید مجموعے

گلابی دھوپ

اور

جینا مرنا

مرتبہ : رتن سنگھ

بین الاقوامی ایڈیشن جلد منظر عام پر آ رہے ہیں